東京カウガール

小路幸也

PHP
文芸文庫

○本表紙デザイン＋ロゴ＝川上成夫

東京カウガール

prologue（プロローグ）

職質されたら、まず、微笑む。

そして、カメラを見せる。

落ち着いて、はっきりと言う。

「M大の三年生で木下英志といいます。夜の街を撮影していました」

要求される前に学生証を見せる。自主制作映画のカメラマンもやっていること。この一眼レフカメラで自分の作品とする写真も撮っていること。それは、まだ仕事ではなくて、ただの趣味であること。

見せてと言われたら素直に、今撮っていた映像や画像を見せること。余計なことは言わない。訊かれたことだけに素直に答える。

きれいに洗濯した服を着て、毎日風呂に入ったりシャワーを浴びたりして、ちゃんとしたカメラバッグを持っていればそれ以上は何も言われない。警察官だって、こっちがきちんとしていればむやみやたらに疑ったりしない。

夜の街並みや、風景を撮っているとたまに警察官に声を掛けられるんだ。

「ここで何をしていますか？」

訊かなくても見れば撮影しているってわかると思うけど、そんなふうに訊いてくる。でも中には、僕を疑ったわけじゃなくて、親切で声を掛けてくれる警察官もいるんだ。

「この辺には危ない連中も来たりするから、気をつけるようにね。ちょっとカメラ向けただけで因縁付けられるよ」

そういうふうに言われる。もちろん素直に「ありがとうございます。気をつけます」って言って頷(うなず)く。

それは本当にそうなんだ。

中学の頃は一度もなかったけれど、高校に入ってから、変な連中に因縁付けられることは増えていって、大学でいろんな活動をするとやたらと増えた。そういうことがないように充分注意はしているんだけど、一人で撮影しているならまだしも、自主制作の映画なんか撮っていたら本当に変な連中に絡(から)まれる場面が多い。

話せばわかるっていうけれど、話したって全然わかってくれない。そもそも向こうはわかろうなんて思っていない。

ただ、絡んでくる。

金を巻き上げようとする。

他の大学の自主映画制作チームが変な連中に因縁付けられてお金を払ったら、それから何度も恐喝紛いのことをされたっていうのは、有名な話だ。結局警察に相談に行って何とかなったらしいけれど、何人かの学生はもう二度と映画制作に関わりたくないって辞めてしまったらしい。そういうのは本当に嫌だと思う。

僕は、たぶん一生やめられない。

撮ることが、好きなんだ。

映像や、写真を。

ただ、好きなんだ。

それはたぶん、物心ついたときからカメラが身近にたくさんあったからだ。そして、玩具代わりにしていたから。

祖父ちゃんと父さんが二代に亘って恵比寿でやっていた〈木下写真館〉は、四十五年も営業していた町の写真館で、僕はそこの一人息子だった。別に僕に継がせる気は父さんにはなかったらしい。好きな仕事をすればいいって思っていたらしいけれど、継がせる前に写真館は閉めてしまった。

時代の流れだ、って父さんは言っていた。一生懸命頑張ったけど、営業を続けられなくなって、辞めた。父さんは大手家電量販店に就職して、カメラコーナーの担当になった。こんな時代に、好きなカメラの仕事を続けられるんだからそれだけでも充分に幸せなことだって言ってる。

そして僕の手元には、カメラが残っていた。

僕はこいつを一生の相棒にしていくんだって思っている。

1

骨の折れる音。

違う、膝の関節が砕ける音を生まれて初めて聞いた。

それは映画やドラマで使う効果音とは違って、もっと鈍く柔らかい音だった。そう聞こえた。

続いて、もっと柔らかいけれど響く音。

小さな悲鳴のようにも聞こえたけれど、たぶん全部が混じっていたんだ。骨と歯と肉が全部一緒に砕けて悲鳴を上げたけど出てこなかった声。音。

一瞬のことだったけれど、僕の眼はカメラのファインダーを通してそれを捉えることができた。どうしてかはわからないけれど、そのときはそう思った。

男と正対してしゃがみ込んだと思ったら、もう右足の蹴りで相手の膝を砕き、ほとんど同時に伸び上がって男の頭を髪の毛ともども摑んで押さえつけ、そのまま口の辺りに右膝を打ち込んで叫べないようにしたんだ。

そういうふうに見えた。

僕の眼は捉えた。

たぶん、一流の格闘家でさえできないような動き。

相手と長い時間戦うための技ではなく、相手を瞬時に動けなくさせる技。そうとしか思えなかった。

たぶん、男の口の中は折れた歯と血と肉で一杯になっている。叫びたくても叫べないまま男はさらに腕を取られてくるりと半回転させられて、また骨の折れる音がした。肩を砕かれたんだ。本当にそうかは身体の角度で捉えられなかったけれど。

僕は、一眼レフを構えたままだった。無意識に、動画で撮影していた。

次の瞬間にその身体が地を這うようにして動いて、一瞬で仲間がやられたことに驚いて呆然としていた他の男二人の足を同時に蹴った。

一人が倒れて一人はバランスを崩した。凄まじい速さでそのバランスを崩した男の腹に、右の拳をぶち込んで次の瞬間にまた口に肘を打ち込んだ。悲鳴は上がらない。倒れた男が立ち上がろうとしたところで、身体が一本の軸のように回転して、その男の側頭部を蹴った。

赤いスニーカーだった。

ニューバランスの赤いスニーカーだっていうのは、はっきりわかった。

側頭部を蹴られた男は地面に転がる。倒れ込む。ステップを踏むようにして跳ぶと、その倒れた男の顔にスニーカーの爪先(つまさき)を蹴り込んだ。

見えなかったけれど、たぶん、また口元を狙(ねら)ったんだ。

それは、叫び声を上げないように、この人気(ひとけ)のない夜の公園に悲鳴が響かないようにしたんだろうか。それとも何か別の目的があるんだろうか。

そしてまた関節が砕ける音が、続けざまに響いた。一回、二回、三回、四回、五回、六回。

声のない悲鳴が何度も聞こえた。

たぶん、戦いを始めてから二分も経(た)っていない。

三人の男を、見ただけで反射的に眼を逸(そ)らしてしまうほど怖そうで、ケンカなんかも場数を踏んでいると思える男たちを、それだけの時間で文字通り足腰が立たないようにした。たぶんあの男たちは一生立ち上がれないんじゃないか。

医者でも何でもないから、砕けた膝や肩の関節が元通りに治るのかどうかはわからない。でも、どう考えても、あの男たちがこの先の人生を楽しく過ごしていけるようになれるとは思えない。

それほどの、暴力。

公園の地面に倒れ込んだ三人の男たちはぴくりとも動いていない。

死んだとは思えないけど、間違いなく、両膝と、両肩と、そして口の周りをぐちゃぐちゃにされた。想像するだけで身震いしてしまう。どれだけの苦痛が身体の中を駆け巡っているだろう。それともそんなのを通り越して気絶してしまっているんだろうか。その方がきっと幸せだと思う。

僕も、動けなかった。

動いたら、植え込みの陰に潜んでいることを気づかれるんじゃないか。自分もやられるんじゃないかっていう恐怖心があった。立ち上がって必死で走ったらたぶん二分ぐらいで着くところにある交番に向かっていくこともできなかったし、スマホを取り出して一一〇番することも思いつかなかった。

全部恐怖心からだけど、それはそうだけど、それ以上に。

見惚れていたんだ。

ファインダー越しに。

男を三人あっという間に叩きのめしたその人に。

彼女の、動きに。

瞬殺という言葉があって普通はあまり使わない言葉だけど、まさにこの場にふさわしいと思った。

人の動きを観察することには自信があるんだ。だから、街灯の明かりが届かない公園の中でも、黒っぽいジャージ姿の細身の人物が女性だってことはすぐにわかった。

髪の毛が長かったけれど、髪の長い男なんてざらにいる。だから、そこじゃなくて。

身体つきと動きで女性だってすぐにわかった。

若い女性が、男三人をあっという間に叩きのめした。叩きのめしたなんていう表現が生ぬるいぐらいに。誇張抜きで〈再起不能〉になるほどに。

その女性は、しゃがみ込んで三人の男たちの様子を見ていた。息をしているかどうか、脈があるかどうかを確認したように見えた。

そして、自分の穿いていた黒っぽいジャージをその場で勢いよく脱いだ。その下には白とピンクの少し細身のジャージを穿いていた。ジャージじゃないのか。身体にフィットしているトレーニングタイツだろうか。着ていた同じ黒っぽいジャージを脱ぐと、これも淡いピンクのランニングジャケットのようなものだ。気づかなかったけど、道路に転がっていた赤いバックパックに脱いだものを詰め込んで、白いキャップを被って、そのまま力強いストライドで彼女は走り去っていった。まるで、どこにでもいる、夜中にジョギングしているランナーのように。

それと同時に、救急車やパトカーのサイレン、そして何人かの走る足音が聞こえてきた。

（ここにいたら、まずい）

そう判断して、僕も立ち上がって走り出した。彼女が走り去ったのと同じ方向へ。

ここから歩いて五分の自宅とは反対方向へ。

恵比寿南の一丁目辺り。

恵比寿駅の西口はすぐそこだ。彼女を追いかけたわけじゃなくて、ただサイレンから遠ざかるように走ってここに出て、息をついた。夜の十時を過ぎてこの辺は人通りも少ないけれど、それでも誰もいないわけじゃない。車通りもあるし、角の緑色の壁のカフェの中にだってお客さんはいる。悪いことをしたわけじゃないけど、不審者に思われるのも嫌だと思って、息を整えた。何事もなく歩き出そうとした。あのカフェでもいいから何食わぬ顔をして入って、気持ちを落ち着けようと思っていた。

そのときだ。

道路脇に停車している黒いワンボックスカーに、車椅子の男性が乗り込もうとしていた。リフトが付いていて、車椅子のまま乗り込んでいける車だ。福祉車両タイプっていうんだったっけ。

車椅子に乗っているのは、男性だ。そして、年寄りだ。少なくとも髪の毛はほとんどが白髪になっている。痩せ細っているわけじゃない。まだその上半身に張りがあるのはわかるから六十代かあるいは七十代か。ちょうど街灯の下なので、その辺ははっきりわかった。

そして車椅子を押しているのは。

すぐにわかった。

あの女性だ。

男を三人、あっという間に叩きのめした彼女だ。

髪が短いし服装も違っていてジーンズとグレイのパーカーを着ているけれど、身体つきでわかった。間違いない。そう思う。髪の毛なんかウイッグでどうにでもなるはずだ。何よりも赤いニューバランスのスニーカーが同じだった。

顔もはっきりと見えた。

あの顔は。

☆

「あら英志ちゃん。いらっしゃい」

「こんにちは」

繁叔父さんがにっこり微笑んで迎えてくれる。そのまま壁の掛け時計を見た。もう八十年も前に作られたものだっていう骨董品の時計が、ちょうど二時の鐘を打った。店の中にはカントリーソングのような音楽が流れている。ボーカルが入っていないから、映画のサウンドトラックかもしれない。

「大学の帰り？」

「そう」

頷(うなず)いて、カウンターに座った。勉強道具も入っている緑色のカメラバッグは床にそっと置く。

「お昼は食べたの？」

「あ、学食で食べてきた」

「じゃあコーヒー？」

「うん」

渋谷駅南口を出て首都高をくぐって裏側の方、としか言えない場所にある繁叔父さんの店は、昼間に来るとほとんど誰もいない。

八人が座れる木のカウンターの他には、テーブルが四席あるだけの横に細長い店。建物自体が今にも朽(く)ち果てそうなコンクリートの二階建てのもので、そこの一階が店で二階が叔父さんの自宅。お世辞にもきれいなんて言えないし、店の中に置いてあるものもほとんどが年代物だ。ジュークボックスもあれば、昔のコカ・コーラの瓶(びん)の自販機なんてのもある。〈喫茶あんぼれ〉っていう不思議な名前がついていてコーヒーも飲めるんだけど、食事もお酒も何でもあり。洋食も和食も本当に何でもある。安いし美味しいし大盛りだしで貧乏学生には持ってこいのお店なんだけど、ただし、繁叔父さんはゲイだ。いわゆるオネエだ。

だからなのかどうかはわからないけど、日が暮れるぐらいからそういう人たちもたくさん店に集まってくるので、慣れていない人にはあまりお勧めしない。だから、大学の友人たちも連れてこない。

僕は、慣れている。物心ついたときから繁叔父さんはそれを隠すことはしていなかった。今になって思えば、その頃はけっこう風当たりも強くて偏見もあったんじゃないかと思うけど。

カウンターに新聞が置いてあった。

「新聞見ていい？」

「どうぞー」

広げた。記事を探して確認する。確かに載ってはいたけれど、ネットに流れているものと大して差はなかった。

三人の男が恵比寿の公園でボコボコにされていて、それは暴力団の抗争か何かかまだはっきりしていない、っていうだけの記事。ボコボコにされた男の身元も何も出ていなかったし、その場にいた彼女のことは何にも書かれていなかった。

一応、できる範囲でネットの情報をいろいろ見たけれど、どこにも何もなかったんだ。つまり、もし昨夜のあれが、三人の男を叩きのめして捕(つか)まらないように逃げることが彼女の目的だったとしたら、今のところ見事に達成させていることになる。

「何を真剣に読んでいるのよ」

叔父さんが手を伸ばしてコーヒーカップを僕の前に置いた。

「うん、ちょっと」

コーヒーを一口飲む。叔父さんはそのままカウンターから出てきて僕の隣に座った。広げたままの新聞をちらりと見て、あぁ、って頷いた。

「その事件ね。家のすぐ近くでしょ?」

「そう」

あの公園は僕も小さい頃によく遊んだ公園だ。そして、恵比寿駅の行き帰りに必ず近くを通る。だから、目撃してしまったんだけど。

「あんなとこでねぇ。交番なんかすぐそこだしねぇ。おかしな連中が出入りする場所でもないのに」

そう言いながら叔父さんが煙草(たばこ)に火を点(つ)ける。

「そうなの?」

「何が?」

「いや、おかしな連中が出入りしないって」

そうでしょ、って頷いた。

「すぐ近くに交番もあるしね。防衛省だの自衛隊だのっていろいろあるでしょあの辺は」

「そうだね」

「わざわざそんなところで騒ぎを起こすバカはいないわよ」

確かにそう思う。それは昨日の夜もそう思ったんだ。どうしてこんなところで乱闘をしたんだろうって。そこに何か意味があるんだろうか、って考えたけれど、何もわからなかった。

「なぁに？」

叔父さんが僕の顔を覗き込んだ。

「何かあったの？　その現場を目撃したとか？　それなら言っておきなさいよ変なことに巻き込まれる前に」

実は、そのつもりで来たんだ。繁叔父さんに相談しようかなって。

「あのさ」

「なぁに」

「ちょっと観てほしいものがあるんだけど、いいかな」

返事を聞く前にカメラバッグからMacBook Airを取り出した。昨夜撮影した動画はもうこっちに移してある。叔父さんはただ頷いて、僕が準備をするのを待ってる。いつものことなんだ。僕は自分が撮影した写真や、動画をここで叔父さんによく観せる。

「今度は何よ。おもしろくなきゃ嫌よ」

別に繁叔父さんがアーティストだとかそういうんじゃない。むしろそっち方面からは遠く離れた人だ。

でも、感覚がちょっと変わっている。僕には想像もしない見方をしたり、感想が出てきたりする。そういうのがとてもいいと思っているんだ。それに加えて今回の件は叔父さんなら何か的を射た見解を示してくれるんじゃないかって思った。

なんたって繁叔父さんは、その昔は相当なワルだったって話をさんざん聞かされている。本人からも、そして父さんからも。この渋谷界隈では知らない人間がいないっていうほどの。その証拠にこの店には、昔はよく叔父さんに手を焼かされたもんだっていう警察関係者もたくさんやってくる。

MacBook Airを開けて、立ち上げて、そして動画を開いた。ディスプレイ一杯に夜の公園の様子が流れ出す。編集はしていない。昨日隠れながら撮った動画そのままだ。彼女の凄さが誰にでも伝わる動画。

繁叔父さんは動画が始まった瞬間に眉間に皺を寄せた。そして、唇をへの字にしてじっと見つめていた。マイクを付ける間も余裕もなかったので音は録れていない。ただ、動画だけ。それでもどれだけ凄まじいことが起こっていたかは充分わかる。彼女が走り去っていくところで動画が終わる。叔父さんの顔を見ると、顰め面のままだった。煙草を吸って、ふーっ、と煙を吐き出す。

「英志ちゃん。これは、たまたまその場に居合わせたってことなのね？」

「そう」

素直に頷いた。

「帰り道だから、通りかかったんだ。そしたらもうこの場面で、とっさに植え込みに隠れて、撮ってたんだ」

「兄貴にも、誰にも言ってないわね？」

「言ってない。叔父さんが最初」

うん、ってゆっくり叔父さんは頷く。

「他の誰にも言わない方が、見せない方がいいわね。そんな気がするわ」

「その理由は？」

もう一回観せて、って言うので、クリックしてスタートさせた。昨日の夜からもう十何回も見たシーンがまた動き出す。

「この男どもは、まぁはっきりはしないけれどどこぞの半グレよね。どうせろくでもないことしかしてないんだろうから、自業自得ってもんよ」

「半グレって？」

どこかで聞いたことはあるけど、よくは知らない言葉。

「まぁ要するに私たちの若い頃はチンピラって呼んでた連中のニューバージョンみたいなものよ。いろいろパターンはあるんだろうけど、徒党を組んで悪さをするハンパな連中だから、英志ちゃんみたいな子は知らなくてもいいの。問題は」

止めて、って言うのでポーズにした。彼女が回し蹴りをする瞬間が映っている。

「この女。若い女よね。まだ二十代前半、下手したら英志ちゃんと同じぐらいじゃない？　英志ちゃんいくつになったっけ？」

「二十一」

四月生まれだからもう二十一歳になっている。

「たぶん、そんな感じよね。これは、この女はヤバいわ」

「どうヤバいの」

繁叔父さんの顔が歪んだ。

「格闘技に精通しているのは誰が見てもわかるわよね。それよりも何よりもこの動きよ。軍隊？　アーミー？　専門家じゃないからよくわかんないけど、ただの武道じゃなくて、明らかに眼の前の人間を倒すための技を学んだ人間よね」

「やっぱりそう思う？」

「見て感じた？」

「感じた。ただの武道家じゃないって」

叔父さんが煙草を吸いながら頷いた。

「相変わらず英志ちゃんの眼は確かよね。とにかくヤバい女であることは間違いないから、こんな動画消しちゃいなさい。そして忘れなさい。これを警察に届けたところで女の身元がわかるわけでもないし、関わらない方がいいわ」

「そうは思うんだけど」

「けど？」

「凄いよね。そして、何が目的なんだろうって考えたら気になっちゃって」

目的ねぇ、って叔父さんが言う。

「動かして」

ポーズを解除した。また彼女が動き出す。

「一撃で関節を砕くことだけに集中している。それ以外の動きは全部そこへの布石よね。口を痛めつけたのは何故(なぜ)かしらね。口を砕かれたって叫ぶことぐらいはできるだろうから、後から証言されるのを少しでも延ばすつもりだったのかしら」

「それも含めて」

「目的ね。確かにそうね。これだけ見て考えると、彼女はこいつらを倒すためだけにやったのかしらね。しかも殺さないように」

「これだけの動きができるなら、殺せるよね」

訊いたら、叔父さんは大きく頷いた。

「殺せるわ。簡単にね。首の骨でも折ってやればいいのよ。あるいは肋骨を砕いて肺でも心臓でも破いてやればいいのよ。それでこの男たちは放っておけば死んでいく。でも、それをしないで、わざわざ生きていることを確かめて去っていくっていうのは」

言葉を切って、叔父さんは背筋を伸ばすようにしてから腕を組んで考えた。

「こいつらは、何か悪さをした。その復讐のために再起不能にされた。生きていても一生苦しむように、あるいはもう二度と悪さができないように」

言葉を切って、頷いた。

「そうね。確かに彼女はそういうような目的を持って、こいつらを叩きのめしたのかもね。それが、個人的な復讐なのかあるいは」

「誰かの依頼なのか」

繁叔父さんは少し眼を丸くした。

「依頼だなって思ったのは？　何か理由があるの？」

「この後、彼女が走っていった方向で、また彼女を見つけたんだ。そうしたら」

「そうしたら？」

「着替えてた。あの場でジャージを脱いで、まるで変装するようにして走り去ったのにまた着替えていた。それに」

カメラを出して、電源を入れた。

「写真だけ撮ったんだ」

車椅子の男性と、その車椅子を押してワンボックスに乗せている女性。

「この子が？」

ディスプレイを見て、叔父さんが少し驚いた。

「そう」

顔ははっきり写っていない。横顔しか撮れなかった。車椅子の男性も横顔だけだ。

「この女の子が、三人の男を叩きのめしたの？」

「間違いないと思う」

叔父さんが眼を細めてディスプレイを見る。

「拡大して」

ダイヤルを回して拡大する。夜の街の光景だからどうしても粒子が粗くなってしまって、そんなにはっきり顔がわかるわけじゃない。

「可愛い子だっていうのはわかるけど、そんな格闘家には見えないわね」

「うん」

それに、って言って少し考えた。

「仮にそうだとして、そのすぐ後で、車椅子の男の人と一緒に車に乗り込んでいって？ 運転もこの子がしていったの？」

「そう」

間違いなく、男の人を乗せた後に自分が運転席に乗って、運転していった。

「車はレンタカーじゃないのね？」

「違う」

それは確認した。実はナンバーも控えたけど、控えたからってどうにかできるわけでもない。

「そうなると」

叔父さんは少し首を傾げた。

「この男性は、彼女の身内ってことも考えられるわね。年齢的にはお祖父さんぐらいかしら」

「そうだね」

ひょっとしたらお父さんでも有り得るとは思うけれども。繁叔父さんが腕組みをして、唸った。

「確かにわかんないわねぇ。そして興味深い事実よねぇ。一体どういう事情がここに存在しているのかしら」

もしも僕が小説家だったら、これだけの設定でいくらでも物語を考えられると思う。それぐらい謎めいているんだ。

「これ、ここでプリントアウトできる?」

店の二階は叔父さんの部屋で、そこにプリンターはある。

「できるよ。写真用紙はある?」

「ないわ。お金あげるから買ってきてプリントアウトしてちょうだい。こっそりと訊いてみるから」

「誰に?」

「それは言えないようなところによ。ただし」

繁叔父さんが、僕の手にそっと手を重ねた。

「英志ちゃんは絶対にこれを他の人に見せちゃダメよ。あんたが変なことに巻き込まれたら、お父さんに合わせる顔がないんだからね。絶対によ? 訊いてみるのはあくまでも英志ちゃんが巻き込まれないかどうかを確認するためなんだからね?」

「わかった」

何度も念を押されて、叔父さんの店を出た。

繁叔父さんは、二十一になった僕をまるで小学生の男の子にするみたいに、心配する。それは、父さんと叔父さんの関係を考えるとしょうがないかなって思う。父さんもあまり口には出さないけど、僕のことをいろいろ心配している。

もう今日は予定はないから家に帰るだけだ。父さんは今日は遅番だから帰ってくるのは閉店後。晩ご飯を作っておかなきゃならない。もし外で食べるんだったら、メールをしておかなきゃならない。

少し考えた。カメラバッグを抱え直して中に入っているカメラやMacBook Airの中に、データとして入っている彼女のことを思った。

たぶん、僕と同じような年齢の女の子。

二十歳そこそこの女の子が、男を一発で殺せるような体技を獲得するのにどれぐらいの努力が必要なんだろう。どうしてそんな覚悟ができるんだろう。それを決心させるのに、どんな事実があったんだろう。

それを知りたいと思った。ただの野次馬的な思いなのかもしれないけど。

そして、彼女が何者かっていう手掛かりは、あるような気がしている。繁叔父さんには言わなかったけれど。

「大田区」

町工場がたくさんあるところ。

一年前に私大の映画研究会と写真同好会が、大田区の中小企業産業研究振興会ってところと共同で記録を撮ったことがあるんだ。ムービーと写真の両方で、大田区にある町工場をたくさん撮った。

僕もそれに参加して、第三班の一員としてムービーの方を担当した。そのときに、毎週のように通ってお昼ご飯や飲み物を買いに行ったコンビニがある。

そこにいたアルバイトの店員さん。

彼女に、似ているんだ。

あの横顔が。

2

撮影に参加したほぼ全員がそうだったんだけど、〈町工場〉って一口に言われても、それがどんなものを造っている工場なのかほとんどまったく知らなかった。

もちろん事前に説明会とミーティングをやって、自分が何を、どんなものを撮るのかを理解してから参加したんだけど、実際に町工場の現場を撮ったら、全員がその凄さや素晴らしさに魅了されたんだ。被写体としてもそうだけど、その技術に。

こんなにも凄い技術が、日本の工業を、いや経済発展というものを支えてきたんだっていうのが本当によくわかった。最終的に仕上がったそれぞれのチームの全部のムービーや写真を観たけれど、どれもこれも本当におもしろかった。仕事しているところを撮っているんだからおもしろいって言うと怒られるかもしれないけど、でも、本当におもしろかったんだ。

参加した人の中には、大学を卒業したらぜひそこで働きたいっていう人もいた。映画や写真なんかを撮っている連中ばかりだから、大学の学部は芸術系とか文系ばかりで、工業系の町工場とは何の関係もないんだけど、でも、撮影が終わった後に本気で就職の相談をした人もいたって話も聞いた。

町工場は、凄い。そもそも工業的な意味での技術というものの凄さを今まで知らないでいた自分たちが恥ずかしくなった。映画だ写真だって騒いで、今まで誰も撮れなかったものを撮るんだ、なんて騒いで意気がっていながら、こんなに凄いものがごく身近にあるのを知らなかったなんて。

僕みたいにカメラマン担当になった人は、普段から〈カメラ〉という機械に詰め込まれた素晴らしい光学技術というのを理解はしていたからある程度は想像ついたけど、それでもやっぱり驚くものばかりだったんだ。

集まった映像バカな連中は全部で五班に分けられた。それぞれにカメラマンとディレクターとインタビュアーの構成。スチールとムービーでカメラマンを二人にしたり、少し大きめな工場にはまとめ役が二人いたりと、三人チームだったり五人チームだったりしたけれど、僕は、その中の第三班〈Cチーム〉に入った。

僕を含めて三人のチームで、男はカメラマンを担当した僕だけ。ディレクターもインタビュアーも違う大学の女の子で、偶然なんだけど西田(にしだ)さんと東田(ひがしだ)さん。僕の名字に北か南が入っていればよかったんだけど、木下(きのした)っていう平凡な名字で残念と笑い合った。

将来は映画監督になりたいって言ってた同い年の西田杏(あん)さんは、明るくて活発で、姉御肌(あねごはだ)！って感じの女の子。脚本を書くし、将来はとにかく文章を書く仕事に就(つ)きたい東田絵里子(えりこ)さんは今年三年生になった。スラリとした長身で、声も良いから個人的にはアナウンサーなんか目指してもいいんじゃないかって思うけど。

そのときが初対面だったんだけど、三人とも本当にするっと仲良くなれた。男と女っていうやりにくさもほとんど感じなかった。そもそもカメラマンになろうとする人は、特にムービーなんかの方は、その場に溶け込むことが自然にできる人間なんじゃないかって思うことがある。カメラを意識させない、というより、カメラはそこにあるんだけどその向こうで誰かが覗いているという感覚を持たせないことができるような人間。

だから、僕もそうだ。普段の生活で強い自己主張はあんまりしない。それをするのはフレームの中でだけだ。フレームの中の世界こそが僕だけの世界で、自分を思いっきり出せばいい。

毎日のように町工場に通って、打ち合わせして、撮って、話を聞いて、また撮って撮って撮りまくってそして編集して作品に仕上げる。その合間に三人でご飯を食べながら映画やドラマの話を延々として笑って、時には意見を闘わせて。とても濃密でいい時間を過ごすことができたんだ。

今でもたまに、そのときに作った〈町工場ライン〉グループでやりとりはしている。それぞれに忙しいから集まったことは二、三回しかないけれど、きっとずっと友達でいられると思う。

僕が撮ったのは〈有限会社岡島製作所〉。

鉄工場だ。正確に言うとバネを製作している工場。線バネと呼ばれるものを造っている。バネは工業製品には必要不可欠なもので、大きなものから小さなものまで、主に大きな工場では扱えない特殊なものを受注して造る場合が多いって話だった。

従業員は全部で二人しかいなかった。

社長である岡島比佐志(ひさし)さんと、従業員の大谷(おおたに)さん。岡島さんの奥さんも従業員だったけど、二年前に亡くなってからは二人きり。お孫さんがときどき手伝いにやって来るって話だったけど、僕たちが撮影している間には来なかった。

もう、この工場は、自分たちで終わりだって岡島さんは言っていた。

撮影した去年で七十五歳だった。大谷さんも六十八歳。自分たちが培(つちか)った技術が消えてしまうのは確かに悲しいし、お孫さんも自分が継(つ)ぐと言ってくれるけど、孫には他にたくさん可能性があるんだからそれを消してしまうのもなんだって苦笑(にがわら)いしていた。

良い笑顔だったんだ。

七十五歳の人生の大先輩に向かって僕みたいな若造が、良い笑顔だ、って言うのも本当に失礼だけど、カメラのファインダーを覗いていて、本当にずっとそう思っていた。

過ごしてきた日々の、人生の重み。

岡島さんの顔や身体(からだ)や手や、動きや皺(しわ)や髪の毛一本に至るまでとにかくすべてのものにそれがあった。

それまでにも撮影した人にそういうのを感じたことはあった。たとえば繁叔父(しげる)さんなんかもそうだ。被写体として、とてもいい。今までに過ごしてきた人生のいろんなものを感じる。でも、岡島さんから感じたものはもっと、何ていうか、厚みのあるものだった。

(岡島さんはお元気かな)

もし今も仕事を続けているのなら、久しぶりに訪ねてみるのもいいかもしれないって思った。

コンビニのアルバイトの女の子を確認がてら。

五月に入ってずっと天気がいい。しかも暑くない。こんなに爽やかな天気が続くのも珍しいって天気予報では何度も言っていた。あと二週間もしたら梅雨に入ってしまうんだろうけど、できればこんな天気がずっと続いてほしい。

渋谷から品川に行って京急本線、京急空港線に乗って大鳥居駅。何度も何度も通ったルート。大鳥居駅を降りたらすぐ見えるコンビニに彼女はいたんだ。

電車を降りたときに腕時計を確認したら三時を回っていて、通っていた去年は、確かこの時間ぐらいには、遅くとも夕方過ぎには店に出ていたはずだった。

どこにでもある見慣れたコンビニ。ここの駅前のは少し小さめ。隣のビルのペットホテルの看板や犬の足跡が描かれてる階段が可愛くて、動物好きの西田さんと東田さんはいつも犬や猫が通らないかなって気にしていた。

電子音と、「いらっしゃいませ」の声。

見回したけど、カウンターにも店内にも、あの子はいなかった。名前も覚えていないんだ。

去年だもんな。アルバイトなんだから、そんなに長期間働いているとは限らない。学生風だったから、違うバイトを探したかもしれない。どうして声を掛けて知り合いになっておかなかったのかってちょっとだけ後悔した。

何でそのバイトの店員さんを覚えていたかっていうのは簡単だ。

彼女の笑顔がとても可愛らしかったからだ。そして、スタイルも良かったからだ。良かったっていうのはボンキュッボンとかっていうんじゃなくて、姿勢とか動き方とか。まるでダンサーのようだなって思ったから。

僕みたいに映像や写真を撮っている人間っていうのは、そういうものに自然と眼がいってしまう。気になってしまうものだと思う。表情はもちろんだけど、動き方。

西田さんも東田さんも「あの子は気になる」と言っていた。もし自分が映画を撮るときには主役に使いたいぐらい雰囲気があると言っていたぐらいだ。

だから、顔は覚えていた。その佇(たたず)まいも。

せめて名前だけでも確認しておけば、「○○さんはいませんか」と訊(き)けるんだけど、そうもいかない。雑誌やマンガを見る振りをして十分ぐらい粘ってみたけど、裏の倉庫とか事務所から出てきたのは違う人だった。

（ダメか）

ここまで来たんだから〈岡島製作所〉に行ってみようと思って、差し入れに岡島さんが好きだと言っていたビールを買った。

店を出たときにふと気づいて、歩きながら西田さんにラインした。

【ひさしぶり】

【ハイ！　キノピオ！　ゲンキ？】

【元気元気。あのさ、唐突だけどさ】

【なになに】

【大鳥居駅のコンビニの女の子覚えてる？】

【おぼえてるお。シャープなビジーン】

【名前とか覚えてない？】

【いしがきさん】

【あ、覚えてたんだ⁉】

【あったりめぇよ。いつか使えるかもって思ったからね】

【さすが。サンキュ】

【なに？　なんか撮るの？　それとも今さらナンパ？】

【ヒミツ】

【ヒミツを持つほどに成長したかキノピオ……】

【またね】

【ウッス！】

相変わらず男前で元気な西田さんだ。〈キノピオ〉って西田さんと東田さんしかそう呼ばない。東田さんが僕のことを「何となくピノキオっぽい」と言って、それを西田さんがスーパーマリオの〈キノピオ〉と勘違いした。

〈いしがきさん〉だったか。そう言われてみれば何となく覚えがある。

普通に考えれば〈石垣さん〉なんだろう。岡島さんのところに行った帰りにまた寄って、いなければ訊いてみよう。アルバイトの〈石垣さん〉は、今日はいませんかって。

大鳥居駅から歩いて十五分。この辺は住宅と小さな町工場が点在しているところで、その端に〈岡島製作所〉がある。

工場って感じじゃない。見た目は二階建てのただの古い家かアパートにしか見えなくて、一階にあるのが普通の玄関じゃなくて一面サッシの扉になっているのが、何かの工場とか作業場なのかって思わせるぐらい。縦長の細い木の看板に〈岡島製作所〉って書いてあるけれど、それも消え掛かっている。

入り慣れた脇の小さなドアを開ける。中から機械音が聞こえてこないので、手作業の工程をやっているか、休憩しているのか、もう今日の仕事が終わったのかのどれか。

「こんにちはー」

奥の休憩スペースで、木製のベンチとボロボロのソファに座って煙草を吸ってる二人の姿が見えた。誰が来たか、って顔をしたすぐ後に、ニカッと笑ってくれた。

「キノちゃんじゃねぇか！　こいつは久しぶりだ」

岡島さんと大谷さんが、手を振ってくれた。

「ご無沙汰しています」

入れ入れ、こっちへ来いと二人で手招きしてくれる。

「何だおい、少しばかり垢抜けたんじゃねぇか？　彼女でもできたか？」

「できてません」

岡島さんのごつい手が僕の腕を軽く叩いて笑う。

「東ちゃんと西ちゃんはどうした。一緒じゃないのか」

「今日は違います。でも、二人とも元気ですよ」

ちょっとこっちの方に用があったので、顔を出したくなって来たと言うと、二人とも喜んでくれた。

仕事は相変わらずぼちぼちだって話。あれから他の町工場に何人か働きたいという人が来ていたことや、皆が僕たちの仕事ぶりを褒めてくれていたことを教えてくれた。大学ではどうだとか、そろそろ就職活動で忙しいんだろうとか、いろいろと訊いてくる。

岡島さんは、わりとおしゃべりだ。撮影に来ていた頃も、時間があるといろんな話を僕たちにしてくれた。その反対に大谷さんは無口で、でも愛想が悪いわけじゃなくて、にこにこしながら話を聞いている。そんな感じだったのも、久しぶりに思い出した。

「お」

大谷さんが壁に掛かっている丸い大きな時計を見た。

「岡さん、そろそろ」

「おぉ、そうだな。時間だな」

まだ四時前だ。大谷さんが立ち上がったので仕事を再開するのかと思って僕も腰を浮かしかけた。

「あぁ違う違う」

大谷さんが手を広げて笑った。

「キノちゃんはゆっくりしてろ。俺は今日は野暮用があるんだ」

そうそう、と、岡島さんも頷(うなず)く。

「親戚のな、結婚式があるんだとよ。今日はこれで店仕舞いだ。それで機械停めてのんびりしてたのよ」

「そうなんですか」

また遊びに来てくれよ、と言って大谷さんが工場を出ていった。住まいはここから歩いて五分のところだって聞いてる。岡島さんは奥さんを亡くしてからずっと一人暮らしだけど、大谷さんは奥さんもいるし、お子さんも近くに住んでいるらしい。

岡島さんが、また新しいお茶を淹(い)れてくれた。

「まぁ、あれだ。キノちゃんよ。せっかく来てくれたんだし、いい機会だから言っとくけどよ」

「なんですか」

「あの撮影はさ、お上の考えたことで最初は面倒臭いと思ったがな。キノちゃんたちに仕事を撮ってもらって本当によかったよ。最後のいい思い出ができたし、孫にも残すことができた」

岡島さんは両膝(りょうひざ)に手を置いて、僕に向かって頭を下げた。

「ありがとな」

「いやそんな。最後だなんて」

いいや、と、岡島さんは軽く手を振ってにっこり笑った。

「本当だ。もう今年で止めようと思う」

「今年でって」

うん、と、頷いた。

「大谷ちゃんももうすぐに七十だ。とっくに定年退職してのんびりしていい頃だ。あそこの息子の進也がな、仕事の関係で今度埼玉に引っ越すのよ。新しく家を買うから一緒に住もうって言われてるんだよ」

「そうなんですか」

「そんなんでよ。俺の身体の動くうちは、そして一人でできることは続けていくけどよ。二人で看板抱えてやってくのは、まぁ今年一杯だ。大谷ちゃんが引っ越すまでな」

自分たちで終わりだって話は撮影したときから聞いてた。好きでやってるから仕事が入るうちは引き受けるけど、身体も手も動かなくなってきてるとも。

「お孫さんは、どうなったんですか？　後を継いでもいいって言ってたんですよね？」

ありゃあ、な、と岡島さんは笑った。

「いい子だけどよ。もっと良い仕事をみっけてほしいってのが本音だ。この商売が悪いたぁ言わねえが、未来なんかねぇからな」

そういや、って僕を見てにっこり笑った。

「孫は今日来るんだがな。どうだ、一緒に晩飯食ってかないかキノちゃんも」

「晩ご飯ですか？」

「たまに来てな。晩飯作ってくれるのよ。優しい孫だ」

あれ？　と思ってしまった。僕はずっと鉄工場を継いでもいいって言ってるお孫さんだって言うから男の人だと考えていたんだけど。

「岡島さん」

「おう」

「お孫さんって、ひょっとして女性の方ですか？」

あれ？　って眼を丸くする。

「言ってなかったか？　孫は女だぞ。奈子(なこ)ってんだ。奈良の奈に子供の子だ」

奈子さん。

そこで、まるで映画のようなタイミングで、ガタンと音がした。

「噂(うわさ)をすれば、か」

岡島さんがニカッと笑ったので、扉を背にしていた僕は振り返った。扉が開いて、黒のスキニージーンズに、白のふわふわして柔らかそうなチュニック。ショートカットが印象的な女性。

僕は、驚かなかった。

今この瞬間に思ったんだ。僕はきっと心のどこかでそんな気がしていたんだって。

きっと彼女に会えるって。

☆

石垣奈子さんは、僕の二つ上の女性だった。

そして名字が違うのは、もちろん岡島さんの娘さんの子供ってこと。

去年、ここになんだかんだで三週間近く通ったけれど、工場の上にある自宅に入らせてもらったのは初めてだった。細長い家だとは思っていたけれど、道路に面したところが居間で、その隣に台所、そしてさらにその奥に部屋が二つ。長い廊下で繋がっている。

晩ご飯ができるまでお祖父ちゃんの晩酌に付き合ってあげて、と、奈子さんは明るく笑って僕が買ってきたビールを一缶、居間のテーブルの上に置いた。

「ただし、この一缶だけね。ゼッタイに」

「わかってる」

奈子さんに言われて、岡島さんが苦笑していた。本当に仲の良い祖父と孫なんだって感じが伝わってくる。僕の祖父母は四人とも、僕がまだ小さい頃に死んでしまったのでちょっといいな、と思ってしまった。

「まぁ一杯いこか。飲めるんだろ？」

「あ、ありがとうございます」

岡島さんが、僕のコップにビールを注いでくれる。こんなに外が明るいうちから飲むのは久しぶりだ。

「最初に言っとくがキノちゃんよ」

「なんですか？」

ぐいっ、と前に身を乗り出してきて、小声になった。

「奈子に惚(ほ)れんのは、就職決まってからだぞ」

「え？」

岡島さんは、悪戯(いたずら)っぽく笑った。

「キノちゃんが真面目(まじめ)ないい奴(やつ)だってのはわかってるけどな。だから一緒に飯を食うかって誘ったんだけどよ。祖父としちゃあ、大事な孫娘に、まだ就職も決まってねぇ学生との交際を認めるわけにはいかねぇからな」

「なに言ってるのお祖父ちゃーん」

台所から奈子さんの笑いを含んだ声が飛んできた。聞こえたんだろうな。

「気をつけます」

僕も笑いながら答えた。

「まぁしかしあいつは、あの通り見た目はけっこう良いと思うんだが、気が強くてな。どうもそこらのやわな男どもをバカにしている感じがあってな。彼氏なんかできたことねぇらしい」

そんな感じだ。いや、カレシができないってところじゃなくて、明るくて元気だけど、気が強そうってところ。

そして、気だけじゃなくて、本当に強いんじゃないだろうか。

第一印象は、似てる、と思った。

あの、三人の男をあっという間に再起不能にした謎の女性に。

写真に撮った横顔の女性と奈子さんはよく似ている。ショートカットの髪形も、何よりも鍛えられた雰囲気を醸し出し、全身の雰囲気がそっくりだ。

「奈子さんは、何かスポーツをやっていたんですか？」

何気ない質問に聞こえるように、岡島さんに訊いてみた。これぐらいはきっと彼女の姿を見たら誰でも感じるんじゃないかと思うし、おかしな質問でもないはず。

岡島さんは、あぁ、と頷いた。

「あの子は子供の頃から身体を動かすのが大好きでな。空手（からて）を習ったり、学校じゃあハンドボールをやったり水泳をやったりな」

「そんなにですか」

「ただ欠点があってな。長続きしやがらねぇ。どんどんいろんなもんに手を出すんだよな。こないだ始めたのは何だった奈子！」

最後は台所に向かって大きな声を出した。

「ボルダリング！」

奈子さんも少し大きな声で答えた。知ってるか？　と眼を剝（む）くので頷いた。もちろんやったことなんかないけれども、どういう競技かは知っている。相当な筋力も、バランス感覚も、そして度胸も必要なスポーツだ。

空手をやっていたっていうのが気になったけど、自分でもやっていたのならともかくも、さらに突っ込んで訊けるような話題じゃない。何でそんなに気になるんだって岡島さんにツッコまれたら、上手（うま）く切り返せる自信はない。僕はそんなに機転の利（き）いた会話ができるような男じゃない。

今のところ、奈子さんは、ただ似ているというだけだ。

確証は全然ない。他人の空似（そらに）って言われたらそんな気もするし、そもそもだ。

奈子さんは、明るい。

さっき初めて会ったときから、晩ご飯を作っている最中の今も、笑み(え)を浮かべながら鼻歌なんか歌いながら楽しそうにしている。きっと、その場にいるだけで皆の心を明るくしてしまうタイプの、楽しい女性だ。

そんな人が、女性が、あんなことをするだろうか?

「何か、いろいろと知りたいとかってわけじゃなくて、普通の疑問なんですけど」

「なんだい」

「奈子さんは、お仕事は何を?」

グラスのビールをクイッと飲み干して、岡島さんは頷く。

「今はまだアルバイトだな。代々木(よよぎ)の方のスポーツジムでインストラクターの見習いをやってるって話だぜ」

「代々木ですか?」

ここからはけっこう離れている。僕が少し不思議そうな顔をしたんだろう。岡島さんは顎(あご)を少し外の方へ向けて動かした。

「前はな。こっちの駅のコンビニでバイトしてたんだがな。ちょいと向こうの家でいろいろあってな。また一緒に住んでるのよ」

「向こうの家」

あぁ、と、岡島さんは続けた。

「娘の家だ。石垣さんよ」

そうだった。岡島さんの娘さんが嫁いだ家が石垣さん。だから、奈子さんはその家で育った子供。

そうなると、ここの駅前のコンビニでバイトしていたっていうのは、成人して家を出て、この辺で一人暮らしでもしていたんだろうか。それとも学校か何かの関係だったんだろうか。

でも、そんな詳細なプロフィールをずかずかと訊けるほど僕はハートが強くない。カメラを構えたらどんなところにでも入っていける、踏み込んでいけるとは思うんだけど。

「はい、ご飯ですよ」

「おう、食おうぜキノちゃん」

手招きされて、一緒に台所の食卓テーブルについた。

何か特別の日だから晩ご飯を作りに来たってわけじゃないらしい。ごく普通の家庭の、晩ご飯。白いご飯にお味噌汁に、豚の生姜焼きに、キャベツの千切り。ほうれん草のおひたしに、お漬物に、小鉢の中にはじゃがいもの煮物と、きんぴらごぼう。

「生姜焼きが好物でな」

岡島さんが嬉しそうに言った。

「奈子は死んだばあさんの味付けができるんだ」

「そうなんですか」

いただきます、と、皆で言ってから、その生姜焼きを食べてみた。

「美味しいです」

だろう？　って岡島さんが得意そうに言う。本当に美味しかった。

「何か特別な味付けなんですか？」

「特別ってわけじゃないけど」

奈子さんもニコニコしながら言った。

「生姜のすり下ろしをたっぷり使うのと、あとは醤油とみりんとお酒のバランスね。それだけ。なんてことはないんだよ」

そう言って奈子さんは、白いご飯を頬張る。その食べ方で僕は奈子さんに好感を持ってしまった。美味しそうにご飯を食べる人は、見ている方も嬉しくなってくる。

「キノくんのことね。お祖父ちゃん楽しそうに話していたんだよ」

「あ、そうですか」

キノくんと呼ばれたってことは、僕が年下だってことも知っているんだろう。

「今時珍しい真面目で誠実な男だって」

「大人し過ぎるのが玉に瑕だけどな」

岡島さんが言う。

「そもそもおめぇは声も小さいよな。優しいっていうかよ。もっと声を張れないのか、って思うことも何度もあったぜ」

「すみません」

「謝ることないわよ。人それぞれなんだから」

岡島さんも奈子さんも、笑顔で話しかけてくれる。いい話題かなって思った。僕はハートは文字通り強くないけれど、繁叔父さんに言わせるとけっこう計算高い。西田さんに言わせると腹黒（はらぐろ）い。

もっと深いところまで会話を持っていけるであろう、いいきっかけ。

「実は、子供の頃に大病（たいびょう）を患（わずら）ったんです」

うん？　と、岡島さんが眼を少し丸くした。

「心臓病だったんです。今はもう何ともないんですけど、激しい運動とかできなくて、すぐに倒れてしまったりとけっこう大変だったんですよ。それで、何となく声も小さくなっちゃって」

「そうかよ。そりゃあ知らねぇで悪いこと言っちまったな」

「いや、何てことないです。そもそもが大人しい性格だったって父も言ってます」

奈子さんは、心配そうに僕の眼を見てくる。

「普通にできますよ。ボーリングとかテニスとか、その辺の施設で軽く遊ぶ程度には。でも、やっぱりスポーツマンにはなれませんね」

ここで、会話を普通に繋げられる。

人は、その人の過去を知ると自分の過去へのガードも緩くなる。実はこれは繁叔父さんに教えられた会話術だ。不幸自慢じゃないけれど、僕には他人のガードを緩くさせる過去がけっこうたくさんある。

普通の人じゃ経験できない不幸な過去が、山ほどある。もちろん今が平和だから言えることなんだけど。

「奈子さんは、空手やってたって聞きましたけど、格闘技も好きなんですか？」

キャベツの千切りを口に放り込みながら訊いた。ハートは弱いけど、演技力には自信がある。高校では演劇部を掛け持ちでやっていた。自然にできたはず。

「うん」

奈子さんがニコッと笑って頷いた。

「小っちゃい頃からね。どうしてかわからないけど好きだった。お祖父ちゃんの影響かなぁ」

「え？」

岡島さんも格闘技をやっていたのか。見たら、ちょっと渋い顔をして頷いた。

「昔の話よ」

そう言ってご飯を口に入れてから、ちらっと僕を見た。

「若ぇ頃の話をするなら、俺は自衛隊崩れなのよ」

「そうだったんですか」

自衛隊。身体がごついのはもちろんわかっていたけど、それは長年の鉄工場での作業で鍛えられたものだと思っていた。

「いろいろあって辞めちまったけどな。そういう格闘技ってのか。それには自信があってな。随分と長いことやってたもんだ」

「じゃあ、その血が奈子さんにも」

岡島さんが苦笑いする。

「男の子なら良かったのにな」

「偏見だよお祖父ちゃん。女子だって戦えるんだからね。これでもね、お祖父ちゃんは柔道も空手も有段者」

それはすごいですね、って言いながら、考えていた。顔に出ないように、普通に会話をしているように。

あのとき、車椅子に乗っていたのは確かに老人だった。岡島さんぐらいの年齢の人でも全然おかしくない。でも、岡島さんじゃない。それだけは確かだ。そもそも岡島さんはこんなに元気だし、身体つきも印象もまるで違う。

もし、もしも、あの女性が奈子さんだとして、車椅子の老人が奈子さんの関係者だとするなら。

悟られちゃいけないってずっと考えている。どうしてかはわからないけど、感覚がそう言ってる。会話の内容には、質問には細心の注意を払わなきゃならないし、そもそも急ぐ必要もない。

もう少し、僕のプライベートに踏み込んできてくれるのを待った方がいい。

「確か、キノちゃんは一人っ子だったな？」

岡島さんが訊いてくる。

「そうです。奈子さんもですか？」

「そう。私も一人。兄弟欲しかったよね？」

「欲しかったです」

そればっかりはな、って岡島さんが笑う。もう少しだ。たぶん、訊いてくる。

「親父さんもおふくろさんも元気なのかい。その、身体の弱かったキノちゃんを抱えて大変だったろう」

岡島さんは、親の顔で訊いてくる。僕は、静かに笑みを見せて頷いた。

「父は元気ですが、母は、十年前に病気で亡くなりました。なので、それからずっと男二人のむさくるしい家庭です」

本当だ。ようやく僕が元気になった頃に母さんは、ホッとしたようにそのまま逝ってしまった。

3

奈子さんと夜の街を駅に向かって歩いていた。

僕が帰ろうとしたら、駅前のコンビニの店長に挨拶するからそこまで一緒に行こうって言って。さっき来るときには店長が不在だったとか。そして、奈子さんは今夜は岡島さんのところに泊まるそうだ。

コンビニに行くなら明日帰るときでも全然構わないはずなのに、そして男の僕を駅まで送っていく必要もないのに、わざわざ一緒に行こうって言ったのは何か話があるのかなって思った。もちろん僕に一目惚れしたとかじゃないはず。

「キノくんね」

「はい」

やっぱり奈子さんは歩き方もきれいだ。心なしかゆっくりと歩いているような気がする。

「今日、遊びに来てくれてすごく感謝してるの」

「え？」

「お祖父ちゃん、ものすごくキノくんのことを気に入ってて、何かある度にあの撮影のときの話をしていたから」

「そうなんですか？」

そうなの、って奈子さんは僕を見て、微笑んで頷いた。

それは、ちょっとだけ驚きだった。確かに岡島さんは撮影中僕たちを嫌がることもなく、むしろずっとにこにこして話しかけてくれてた。でもそれはもともとおしゃべりが好きな人で、若い僕たちと話せるのが楽しいんだろうなって思っていた。西田さんにも東田さんにも同じように接していたから、僕を気に入っていたなんて考えもしなかった。そうだったのか。

「それなら、もっと早くに遊びに来れば良かったですね」

「実はね」

「はい」

「あんまりキノくんのことを言うものだから、よっぽど連絡取ろうと思ったんだけど、連絡先はお祖父ちゃんなくしちゃっていたし、かといって大学とか事務局に問い合わせるなんていうのも大げさだなって」

なるほど、って頷いた。それは確かにそうかもしれない。

「じゃあ、これからもちょくちょく顔を出します」

「そうしてくれると、すごく助かる。お祖父ちゃん、あの通り誰かとおしゃべりするのが嬉しい人だから」

そうか、この話を岡島さんのいないところでしたかったのか。納得。そしてこれは、会話の流れからして確認しても無理がないと思ったから訊いた。

「奈子さんも、よく顔を出すんですか？」

うーん、って少し首を捻った。

「そんなには来られないかな。電話はよくしているんだけど。でも、お祖父ちゃん一人だし、心配だからせめて一ヶ月に一回は顔を出そうとしてるんだけど」

なかなかねー、って少し笑った。それはそうだと思う。いくらお祖父ちゃんのことが心配でも、アルバイトもあるし自分の時間だって必要だ。

「あ、そうだ」

奈子さんがスマホを取り出した。

「もし、キノくんがイヤじゃなかったら、来る時間が取れたら私にも連絡もらえる？

そうしたら私も予定を合わせて、できるだけそのときに行くようにするから。賑やかな方がお祖父ちゃん喜ぶし」

「あ、いいですよ」

それで、メアドと電話番号を交換した。奈子さんはラインはやってなかった。何となくそういうのが好きじゃないって、悪戯っぽく笑った。笑ったけど、そこに何か別の感情があるようにも僕には思えた。ひょっとしたら、何かラインでトラブルでもあったのかもしれない。そういう女の子は大学にもいる。

僕が顔を出すときに来るようにするっていうのは、もちろん僕にまた会いたいわけじゃなくて、奈子さんもお祖父ちゃんのところに行くいいきっかけになるからだと思う。僕が二つ年下っていうので気安さもあったんじゃないか。

まだコンビニまでは少しある。

「あの」

「なに？」

「岡島さんはお母さんの方のお祖父さんなんですよね」

「そうだよ」

「じゃあ、今は奈子さんはお母さんと、つまり、岡島さんの娘さんと一緒に暮らしているってことなんですよね？」

ちょっと回りくどかったかなって思って、慌てて続けた。

「いや、家が離れてるのにそこのコンビニでバイトしていたっていうのが、ちょっと不思議に思って」

あぁ、って納得したように奈子さんが頷いた。

「そう、ちょうどキノくんが撮影に来ていた頃ね。今は違うんだけど、あの時期はね、近くのアパートを借りて住んでいたの。引っ越したんだ。撮影が終わってすぐだったかな」

そうなんですか、って一応頷いたけど、それもおかしな話だ。近くに住んでいたのなら撮影していたときに会っていてもおかしくなかっただろうし、そもそもどうして岡島さんと一緒に住んでいなかったのか。こんなにお祖父ちゃんのことを心配そうにしているのに、近くで別々に住んでいたっていうのも変な話だ。

でもまぁ、それは家庭の事情とかいろいろあるんだろうけど。

「あのね」

「はい」

「私も、ちょっと訊いていいかな」

どうぞ、って軽く頷いた。

「お母さん亡くなられたって」

「はい」

そのことか。あの場ではそれ以上岡島さんは訊かなかったけど。

「ご病気で？」

「そうです。人生の皮肉って僕はこの話をする度に言うんですけど」

少し笑ってみせた。もう全然平気ですから気にしないでくださいっていう意思表示。

「僕の心臓手術が成功したと思ったら、母にガンが見つかったんです。そのときにはもう手遅れの状態で」

本当に僕と入れ違いみたいな感じで母さんは入院して、そのまま逝ってしまった。

奈子さんが、悲しそうな表情を見せる。

「でも、もう十年も前ですから。そのときにはさすがにまだ子供だったんで泣いたりはしましたけど、それが僕のトラウマになっているとかはないですから」

「そうなんだ」

うん、って奈子さんは頷く。

「お祖父ちゃんも、お祖母ちゃんが二年前に死んじゃって」

それは聞いていた。ばあさんが逝っちまって気楽な一人暮らしだって。

「すごく仲の良かった夫婦だったの。だから、残されたお祖父ちゃんがすごく心配だった。大丈夫かな、ちゃんとご飯食べてるかなって。そんなときにね、キノくんたちの撮影の話があって」

そうか。撮影は去年の今頃だったけど企画自体はその前の年から立ち上がっていて準備を進めていた。岡島さんの奥さん、奈子さんのお祖母ちゃんが亡くなってから何ヶ月か経った頃に話が来ていたんだ。

いいタイミングだったのかもしれない。

「お祖母さんも、ご病気だったんですか」

何気なく訊いた。でも、奈子さんが、うん、って頷いた後に見せた表情が少し微妙なものだった。そして頷いただけで何も言わなかったので、僕も訊けなくなった。

「お祖父ちゃんはまだまだ元気でね。お医者さんもまだ二十年も三十年も大丈夫だって」

笑顔で言った。確かに岡島さんは本当にお元気そうだ。

「そうですか」

「あ、じゃあ」

もうコンビニに着いた。駅は眼の前。

「じゃあ、連絡します」

「うん、ありがとう。またね」

じゃあ、って手を振って、コンビニの前で奈子さんと別れた。道路を渡ったところで振り返ってコンビニの中を見たら、奈子さんはカウンターのところで中年の男性と楽しそうに話していた。どうやらあれが店長さんらしい。

そこのコンビニで買い物をしていた頃にも思っていたけれど、奈子さんは元気で明るくて可愛らしい人だ。二歳上に可愛らしいって言うと怒られるかもしれないけど、愛嬌がある。それは、会った人を楽しく感じさせる類のもの。きっとこの人と結婚したら毎日が楽しいんじゃないかって思えるぐらい。

だから、どうしてもあの圧倒的な暴力を行使した女性と、まったく結びつけられない。どうやったら奈子さんがあんなことをする女性だと思えるって言うんだ。

でも。

スマホを取り出して、データで移しておいた画像を出した。

車椅子を押す女性。

もう一度振り返った。奈子さんはまだ店長さんと話している。店内にお客さんはいないみたいだ。

僕は、自分の写真の腕を信じている。ファインダーを通した自分の〈眼〉を信じている。この写真の女性は奈子さんだと、僕の〈眼〉が言ってる。

間違いかもしれないけど。

☆

家に戻ったら、父さんも帰ってきていてもうお風呂を済ませて、居間のソファに座ってテレビを観ながらビールを飲んでいた。晩酌のビールは早番のときに一本だけって決めている。それもこのところはずっと安い発泡酒だ。

「お帰り」

「ただいま」

「まだお湯は熱いぞ。入るならさっさと入れ」

「うん」

白髪が目立つようになってきた頭。でも薄くはなっていない。むしろふさふさだ。木下家の家系にハゲはいないから安心しろって前に言っていた。カメラバッグをソファの横に置いて、洗面所まで行って手を洗ってうがいする。どんなときでも外出から帰ったらまず手をよく洗ってうがいをする。病気がちだった僕の身体に父さんや母さんが染み込ませた習慣は、たぶん死ぬまで抜けない。

築五十年の古い二階建ての家。写真館だったから一階はスタジオになっている。改装する余裕もないのでそのままだ。スタジオの裏側の事務所だったところをそのまま居間にしてしまった。だから、普通の家とは少し雰囲気が違う。台所もお風呂も寝室も全部二階だけど、ここにも小さな給湯室がある。

朝淹れたコーヒーがまだポットに入っているのもいつものこと。少しぬるくなっているそれをカップに入れて、ソファに座った。一口飲んだ。テレビではバラエティ番組をやっていた。

「岡島さんはお元気そうだったか？」

「うん、元気だった。もう今年で工場は閉めちゃうつもりだって」

父さんが画面から眼を離して僕を見た。岡島さんの工場や仕事ぶりを撮った僕の映像は、父さんもしっかり見ている。カメラマンとじゃ職種は全然違うけど、基本は同じ〈職人〉だって父さんは言っていた。こういう人たちの技術がしっかりと残されないと駄目なんだって何度も言っていた。

「そうか」

小さく頷いて、息を吐いた。

「それは、残念だな」

「うん」

自分の仕事が続けられなくなる辛さを、父さんは身に染みてわかっている。

「もう決めたことなのか」

「決めたって言ってた。偶然だけど、遊びに来たお孫さんにも会った。石垣奈子さんっていう二つ上の女の人」

「可愛かったか」

苦笑いした。

「可愛かったよ」

父さんと繁叔父さんは、兄弟なのに全然性格が違う。違うけど、こういうところは同じだっていつも思う。女性と会ったとか飲みに行ったって話をすると、すぐに可愛かったかって訊いてくる。それともオジサンの特徴なんだろうか。

「なんかね」

「うん」

「そのお孫さんが言うには、岡島さんは僕のことをすごく気に入ってくれてたんだって。だから、これからも顔を出してくれると嬉しいって」

父さんが、笑みを見せた。

「それはいい」

いいな、って繰り返した。

「誰かに必要とされるのは、いいもんだ」

「そうだね」

「お前が嫌じゃなければ、たまに顔を出してやるといいさ」

「そうするつもり。お風呂入ってくる」

父さんと二人きりの生活ももう十年になる。母さんには悪いけれど、母さんと過ごした十一年間よりそれからの十年間の方が、いわゆる思春期だったから印象深い出来事とか、自分で考えることも多かったから記憶にも身体にも残っている。もう、母さんと一緒にお風呂に入ったことなんかもほとんど覚えていない。

お風呂だけは広い。ただ古いってことだけなんだけど、ユニットバスじゃなくてタイルのお風呂だ。大人の男が全身を伸ばしてもまだ余るぐらいの大きさの湯船。そしてお風呂に入る度に眼につく右腕の傷。この傷は、できてもう十一年経つのに少しも消えていかない。女の子じゃないから身体に傷があったところでどうってこともないし、僕のこの傷を受けたときの記憶も薄れている。

でも、いまだに、父さんと繁叔父さんの間に横たわる感情のしこりの原因になった傷。

「奈子さん」

彼女の身体に傷はないんだろうか。

あれだけの動きができるようになるまでには、厳しいトレーニングが必要であることは間違いないはず。格闘技なんだから、当然のように身体に痣(あざ)ができたり、傷を受けたりすることもあると思う。

もう僕の中では、奈子さんがあの女性だと確信している。少なくとも写真の彼女と奈子さんは同一人物だ。

でも、写真に撮った女性と、半グレの男たちを再起不能にした女性が同一人物だという証拠は何もない。動画に撮った髪の長い女性の顔は、はっきりとわかるほど捉(とら)えられていない。撮影した場所からの角度的なものもあったけど、あの動く度に揺れる長い髪の毛が顔を隠しているってところもなきにしもあらずだ。

「ひょっとしたら、そうなのかもしれない」

本当はショートカットなのに、格闘する際にわざわざ長髪のウイッグを着ける意味合いなんてそれしかないじゃないか。これから倒す男たちに、顔をはっきりとわからせないためだ。印象を変えるためだ。

はっきりと訊くべきか、それとも。

「難しいな」

もう少し親しくなれば何かわかってくるだろうか。そのためには奈子さんに会わなきゃならないけど、いくらなんでもまたすぐに岡島さんに会いに行くってのもなんだと思う。せめて一週間ぐらいは間を空(あ)けないと、何か別の目的で、奈子さんに会いに来たんじゃないかと勘ぐられてしまう。

ネットでいろいろ探してみた。

繁叔父さんが言っていた半グレって言葉の意味もわかった。そういうことだったのか。ニュースで暴力的なものがあると、すぐに暴力団とかヤクザとか、あ、それは同じ意味か。そういう怖い人たちのことを思い浮かべてしまうけど、そうじゃない組織みたいなものがあるのか。

むしろ暴力団とは距離を置いて、自分たちだけで活動している若い人たちの集まりがある。それが、半グレ。不良の連中がツルんで、振り込め詐欺(さぎ)やなんかをやってお金を稼(かせ)いでいる連中もいるんだ。頭の良い暴走族みたいなものか。

じゃあ、今まで映画を撮っている皆が何度か脅(おど)されたのも、全部ヤのつく人たちじゃないかもしれないんだ。

奈子さんかもしれないあの女性に、半殺しにされたのもそういう半グレの連中。

繁叔父さんのおかげで、おかげっていうのも変だけど、そういう怖い人たちのことをいろいろ知ったこともある。とにかく、近づかない方がいい。間違って関わってしまったら警察を利用してとことん逃げる。それしか方法がない。

でも、あまり賢くはないけど、もうひとつの方法もあると繁叔父さんは言っていた。

自分が強くなって、戦うことだ。

戦い方にもいろいろとあるけれど、とにかく暴力を押さえつけるためにはそれを上回る圧倒的な力で屈服させること。

奈子さんも、ひょっとしたらその方法を選んだ人なんだろうか。

☆

講義が終わったら顔を出しなさいって繁叔父さんからメールが来たのは、二日後の木曜日。メールなんかしなくてもしょっちゅう顔を出しているから、わざわざ言ってきたのは何か話があるんだろうって思っていた。

たぶん、あの奈子さんかもしれない女性を撮った写真の件。

誰かに見せて確認してみるって言っていたから、何かがわかったんだ。

四時過ぎに顔を出したら、〈喫茶あんぽれ〉には珍しくお客さんがたくさんいた。しかも、若い女性ばかりで、本当に驚いた。四つあるテーブル席は全部埋まっているし、カウンターにも女性がずらりと並んでいた。

「よかった。英志(えいじ)ちゃんちょっと手伝って」

「了解」

ジャケットを脱いでカメラバッグを置いて、腕まくりしながらカウンターの中に入った。シンクには洗い物が溜まっていた。そもそも繁叔父さん一人でやっている店だから、こんなにお客さんが入ると簡単にパンクしちゃう。手伝いも、今までも何度もやってるから慣れたもんだ。

「どうしてこんなに忙しいの？」

シンクに溜まった食器やカップを洗いながら、近くに来た叔父さんに小声で訊いたら、叔父さんはものすごく嫌そうな顔をした。

「どっかのバカが流したのよ。Twitterで。ゲイのマスターがやってるおもしろい店とか、パンケーキが最高とか」

「また？」

今までにもたまにあった。叔父さんがこの店を始めてからもう二十年以上経つんだけど、ここ何年間かネットやＳＮＳで紹介される度に、お客さんがどっと増える。

繁叔父さんは確かにゲイでかなり偏屈な人なんだけど、そもそも見栄えは悪くない。悪くないっていうか、むしろシブイ男。俳優ならヤクザでも刑事でもどっちでもできて、重厚な演技ができそうな人だ。そういう見た目なのに、口調は完全にオネエでギャップが楽しい。

そういうのがウケて、こんなふうに女の人が押し掛けたりもする。でも、そういうのを嫌がる叔父さんの毒舌に叩きのめされてそのうちに誰も来なくなる。そういうのを何度も繰り返してるんだ。

　ざわついている店の中に足音が響いたなって思ったら、カウンターの端（はし）のレジの前に立ったお客さんが、僕に向かって手を振ってるのに気づいた。

「あれ？」

「やっほー」

　西田さんだった。ぴょんぴょん跳んでる。

「来てたんだ？」

「おひさ！　ここだったんだね、前言ってた叔父さんの店？　バイトしてるの？　毎日？　教えてくれたら毎日でも東ちゃんと一緒に来たのに。今日は違う友達と一緒だけど。今度東ちゃんも呼んでくるわ」

　相変わらずマシンガントークの西田さんだ。

「バイトはしてないよ。たまたま忙しそうだったから」

「あら、英志ちゃんの友達だったの？」

　叔父さんがにっこり笑顔で訊いてくる。僕の友達には毒は吐かないんだ。一緒に来ていた女の子は、大学の同級生なんだろうな。知らない顔だ。

「こんにちは！　西田です」

「前に一緒に、ほら、町工場を撮った友達」

「あぁ、西と東の女の子ね。言ってくれたらサービスしちゃったのに」

「今度また来ます！」

そうしてちょうだい、って叔父さんが頷く。西田さんがちょいちょいと手招きしながら店を出ようとするので、手を拭きながら近寄った。

「あれ、どうなった？　コンビニ美人」

覚えてたか。まぁ忘れないよね。西田さんは、観察眼鋭い人だ。いなかった、で、ごまかされやしないのはわかってるんだ。

「それがね、いろいろあって」

「いろいろってことは、会えたんだね？」

「会えた。それについても今度ゆっくり話すから」

「了解」

じゃっ！　って手を振って店を出ていった。これで二、三日放っておいたらまたラインが来るんだ。あの件は‼︎？　って。

どうやって追及を逃れるかを考えないと。

お客さんが引けるまでそれから一時間半かかったけど、今度はいつもの常連さんたちがやってきて、晩ご飯を食べていく時間になってしまった。まだ話は何もしていないので、父さんに晩ご飯を叔父さんのところで食べてから帰るとメールした。どっちみち父さんは今日も遅番だ。

この時間から〈喫茶あんぼれ〉にやってくる人たちは本当におもしろい人ばかりだ。できれば近寄りたくない怖そうな人も来るんだけれど、何をやっているのかわかんないけど個性的で、被写体としては最高の男の人ばかり。もっとも、姿形は屈強な男でも心は乙女、っていう人も多いんだけど。

僕が知っているのは、歌舞伎町でゲイバーのママをやっているアンジェラさんと、タクシー運転手の平塚さん、そして公務員というだけで詳しいことは知らないフクさん。それぐらいだけど、今日は来なかった。三人ともゲイだってことだけど、アンジェラさんは見た目でわかるけど、平塚さんとフクさんはそうは見えない。本人たちもカミングアウトはしていないそうだ。

ようやくお客さんが誰もいなくなったのは、午後八時を回った頃。これぐらいの時間からはバーにもなるんだけど、いつももっと遅い時間にならないとお客さんは来ない。

「いいわ。いったん閉めて、晩ご飯食べましょ」

「うん」

ジャンバラヤとポテトサラダを二人でカウンターに並んで座って食べた。繁叔父さんの作る料理は本当に美味しいと思う。

「英志ちゃんね」

ジャンバラヤを食べながら叔父さんが言う。

「うん」

「あの写真と動画は、まだ消してないんでしょ」

「消してない」

やっぱりね、って繁叔父さんは溜息をついた。

「消しなさいって言ったでしょ」

「でも、他の誰にも見せなきゃ何も問題はないし、ネットに上げるようなバカなことはしないよ」

「そこは信用してるけどねぇ」

また溜息をついた。

「英志ちゃん、全然大人しい草食系のくせに頑固なのよねぇ。そういうところ兄貴にそっくりよね」

「そうかもね」

「実はね、英志ちゃん」

「うん」

「あの写真を、彼女と車椅子の老人が写っている写真をね、ある人に見せたのよ。それはもちろん絶対に信用できる人だから安心して。どこかに漏れたりする心配はないわ」

「わかってる」

そこは、僕も叔父さんを信用してる。繁叔父さんが大丈夫と言えばゼッタイに大丈夫だ。父さんはいまだに信用してないのかもしれないけど。

叔父さんは誰もいないのに店の中を見渡して、それからわざわざ立ち上がって窓から外を見てから言った。

「その人が言うにはね、車椅子の老人は警察関係の人間かもしれないって」

「警察？」

全然予想外の単語が出てきてびっくりして、思わず繰り返した。そうよ、って繁叔父さんは頷いた。

「写真では顔がはっきり確認できなかったから、確信は持てないってことよ。でも、乗っていた車の車種と、それから車椅子を使っているという状況と、身体全体の雰囲気からしてまず間違いないだろうって」

「じゃあ」

思わず奈子さんのことを言いそうになって、止めた。まだそれは叔父さんにも教えない方がいいと思う。

「叔父さんがそれを確認したその人も、警察関係の人ってことだよね」

上手く話をすり替えられた。叔父さんも僕が一瞬躊躇したことに気づかなかったと思う。

「そうよ。バリバリの現役の警察関係の人。どこの誰とは言わないからね。その人に迷惑掛かっても困るし、英志ちゃんは知らなくてもいいことだから」

「ってことは、あの彼女も警察関係者だっていう可能性もあるってこと？」

それはないっていうのはわかってるけど、話題を続けてみた。

「彼女に関してはまったくわからないって。見たことない女だって言ってたわ。ただ、彼女がしたことを考えると可能性もあるだろうって。可能性っていうのはね、警察としての活動じゃないわよ。いくら腐った警察官がいるって言っても、ただ乱暴して終わりなんてことはしないわ」

「だよね」

「だから、そうね、諜報活動の一環かも、って言えばわかる？」

諜報活動。

「スパイってこと？　公安のような人たち？」

「特殊な事案ってことでね。何らかの情報を得るためにそういう手段を取ることもなきにしもあらずってことよ。そしてね、英志ちゃん」

「うん」

「ここからが肝心なところよ」

また繁叔父さんが外を見た。誰かが入ってこないか確かめているのか。そんなにヤバい話をしようとしているのか。

「その人はね、畑が違うから今回は何も言わないしその写真も動画も提出しろとは言わないけれど、同じような事件がここのところ続いているんですって」

「続いている」

繁叔父さんが、指を三本立てた。それから、今度は左手のひらを広げた後に右手のひらを広げた。

「なに？」

「三件の事件。半グレの連中が何者かによって、再起不能って言っても過言じゃないほどの怪我を負わされる事件があったの。英志ちゃんが見たのを入れたら四件目よ。そして、その四件で合計十五人の男がやられているのよ」

十五人。

本当に驚いて、眼を丸くしてしまった。

「そんなに？　全員若い奴なんでしょ？」

「若いも若い。バリバリの連中よ。それもケンカには自信のあるような乱暴者ばかりよ。中には空手の有段者やボクサー崩れもいるって話よ」

そんな連中を、十五人。

「ただしね。別々の事件だと思われてる」

「別々ってことは」

そうよ、って繁叔父さんは頷いた。

「今までは単純に、チンピラたちの抗争みたいに思われてたのよ。実際、怪我した連中の中にはそうやって証言してるのもいるのよ。でもね、これを教えてくれた人も未確認だけど、ほとんどの事件でのやられ方が一致してるかもしれないって」

「つまり、身体中の関節を砕かれて、口の周りも」

「そういうこと」

繁叔父さんの眼が、細くなって僕を見た。

「まだはっきりしてない。私が確認したその人も、ちょっと確かめてからもう一度連絡をくれるって言ってた。でもね、でもよ、ある理由でその人もあまり首を突っ込めないのよその件には。どうしてかって訊かないでね。いろいろあるのよ」

「わかった。訊かない」

「その人は、私が英志ちゃんを心配しているから、あくまでも厚意で確認してくれているだけだからね」

「ってことは、その人は僕を知ってるんだ。ここに来てる人なんだね」

叔父さんが、しまったって顔をした。

「まぁそこまで隠してもしょうがないわね。そうよ、英志ちゃんのことも知ってる人よ。とにかく英志ちゃん。絶対に、この女を捜そうとかまた会いたいなんて思っちゃ駄目よ。動画を消せとは言わないわ。ひょっとしたら匿名(とくめい)で警察に提出しなきゃならないことになるかもしれないから」

「わかった」

いいわね？　って繁叔父さんが右手の人差し指を立てた。

「絶対に、もうこの件には関わったりしないこと」

頷いたけど、そんなのは絶対に無理だ。

4

いい口実を思いついた。

すぐにまた奈子(なこ)さんに会うための口実。

西田さんが、〈ねぇコンビニの子の話！　聞かせて！〉って言ってきたらどうやっていいわけ、というか、奈子さんに会えたことをどんなふうに話そうかなぁって考えていて思いついたんだ。

西田さんも東田さんも誘って、また岡島さんに会いに行けばいいんじゃないかって。

いろいろとごまかしたって、西田さんは鋭いから僕の嘘なんかきっとあっさり見抜いてしまう。だから、ちょっとだけ嘘を交えて本当のことを話す。しっかりした嘘っていうのは、真実の中に少しだけ嘘を交ぜることだって誰かも言っていたはず。

〈急にアルバイトの女の子のことを思い出して気になって連絡を取りたくなったけどいなくて、でもついでに岡島さんに会いに行ったらなんとお孫さんがアルバイトの女の子だった〉

全部本当のことだ。何故急に気になったのか、っていうところだけはもちろん言わない。そしてそこはきっとツッコまれない。もしツッコまれたら夢に見たって言えばロマンチストな西田さんは納得してくれるはず。

うん、絶対に〈スゴイね！　運命だね！〉ってなる。

そして僕が実は奈子さんと会えて話をして、とても気に入ってしまったんだって言えば、西田さんも東田さんもいろいろ協力というか、黙ってチャチャを入れないで全力で応援してくれるはず。僕らは本当に男女を意識しない良いチームになっていたから。西田さんにも東田さんにもカレシはいるし。

【マジですか！】

【スゴイ！】

【偶然でしょ】

【それは偶然なんてものじゃない！　運命じゃんキノピオ！】

【行こう行こう岡島さんに三人で会いに行こう！】

【ケーキ作っていこう！】

【あー、話したね。お菓子作り趣味なんだって。岡島さん甘いもの食べるって言ってたよね】

【いつがいい？　奈子さんに会いたい！】

【やっぱり土日でしょ】

【次の土日ならぜんぜんいいよ！】

【まずは岡島さんに訊いてからにしようよ。土日はどこかに出かける用事があるかもしれないから】

【じゃあ、僕が電話して訊いておく。それから奈子さんにメールしてみるよ】

【楽しみだー。奈子さん】

【念のために言うけど】

【ん？】

【なに？】

【余計なことは言わないでね。会いたくてコンビニに行ったとかそういうのは】

【オッケーオッケー】

【言わない言わない】

【絶対に黙ってる】

絶対に後から言うなって思ったけど、これぐらい布石みたいなものを打っておけば、どうして僕がコンビニでバイトしていた奈子さんを急に思い出して連絡を取ろうとしたかについてはもう訊かれないと思う。

あの半グレたちを再起不能にさせた女性と奈子さんが同一人物かどうかを確かめるには、僕にできる手段は、奈子さんに近づくしかないと思う。本人に直接訊くかどうかはまずは親しくなってからの話だ。

それを確かめてどうこうする、なんてことは考えていない。でも、興味というと怒られるだろうけど、知りたい。

もしそうなら、どうしてそんなことをしているのかを。

〈カウガール〉って言葉が僕の頭の中に浮かんでいたんだ。どうしてかはわからないけど、前に観た映画『カウガール・ブルース』に出てきた女優ユマ・サーマンにイメージが似ていたのかもしれない。

長い髪の毛ですっくと立っていたあの女性とイメージが重なったのかもしれない。

実際、奈子さんも『カウガール・ブルース』の頃のユマ・サーマンとどことなく似た雰囲気があるかもしれない。

〈カウガール〉か

実際のカウボーイやカウガールは、牧童だ。牧場で働く単なる労働者だ。でも、西部劇映画のせいで何となくカウボーイにはガンマンという印象が残っている。それも、正義のガンマンだ。カウガールの場合はガンウーマンって言うんだろうか。

馬に乗って西部の荒野を駆け抜け、腰のガンベルトに差した拳銃で悪党を倒す。

まぁそれは映画のイメージだけど、実際問題彼らは護身用に拳銃を持っていた。牛が財産だった時代にそれを守るために。開拓時代にはその他にもいろいろ拳銃を使う機会もあったんだろう。

彼女も、悪党を倒して回っているんだろうか。西部開拓時代から遠く遠く離れたこの日本の東京で。

東京の街を駆け回って、拳銃ではなく自分の拳で、容赦なく悪党を叩きのめしているんだろうか。正義のために。

でも、現代ではそれは法を犯していることになる。

奈子さんとカウガールは同一人物なのか。

それを確かめたい。

☆

僕が久しぶりに岡島さんを訪ねてから十一日後の日曜日の夕方。

カメラを取り出して、今日の様子を映像で残していいかを訊いたら、岡島さんは今さら遠慮するなって笑った。

「今までもさんざ撮ったじゃねぇか。俺の仕事ぶりをよ」

「そうですね」

「それによ」

僕をじっと見た。

「キノちゃんは、そいつで身を立てようって少しは考えてるんだろ？　映画とか写真とかよ」

「まだはっきりと決めてるわけじゃないんですけど、そうできたらいいなって思ってます」

「なら、それに協力してやんのが友達ってもんじゃねぇか。なぁ？」

なぁ？　って同意を求められた西田さんと東田さんは、二人でうんうん、って頷いた。

「キノピオのスゴイところは私たちも認めてますから」

「何でもない映像に詩情を感じさせますから」

それは褒め過ぎだけど、心の中で感謝した。

それで、僕は奈子さんと西田さんと東田さんが三人で台所で料理を作っている様子や、岡島さんの家の中や、岡島さんが美味しそうに手作りのケーキを頰張るところや、缶ビール一本だけの乾杯の様子をずっとカメラで撮っていたんだ。

気づかれないように、奈子さんを中心にして。

いや西田さんは鋭いし映画監督を目指しているぐらいだから、僕のカメラが何をメインで撮っているかには気づいていたと思う。でもそれは僕が奈子さんのことを気に入っていて、何とかして恋人同士になりたいからだ、とでも思ってくれるはず。

実際は、奈子さんの動きを全部記録したかった。

人間は、自分の日常での、自分の肉体が慣れた動きしかできない。つまり、いつも通りの身体の動きしかしない。そういうものなんだ。だから一般の人をこうして映像に撮っても本当に普通のことしか感じない。

いい役者さんっていうのは、自分の普段の動きと違う、その役になりきった動きができるから、それを観て〈素晴らしい〉と感じるんだ。パッと見は冴えない中年男の俳優さんでも、役で大会社の社長になったらそれらしい動きとオーラを放つ。なりきることができる。だから俳優という職業が成り立つ。残念ながらそうでもない役者さんが多いのはどうなんだろうなぁって僕も思うんだけど。

〈カウガール〉はあれだけの、人を簡単に殺せるほどの動きをする。できる。身体をそういうふうに作っている。

奈子さんが本当に〈カウガール〉なら、普段の動き方を注意深く観ていけば、どこか普通の人とは違うものを発見できるはずだ。

僕の眼なら。

もちろん、ご飯を食べるときとかはカメラを三脚で固定して僕も一緒に食べた。画面の真ん中に奈子さんが入るようにしてあったけど。

「表札ですか？」

「おうよ」

西田さんが自分の家の秘伝のタレを使って作ったという唐揚げを食べながら、岡島さんが言った。

「いつかは西ちゃんも東ちゃんも結婚するだろうよ。まぁ今はよ、結婚だけが女の幸せじゃねぇからたとえばよ、西ちゃんが自分の事務所でも作ったときにはよ、俺が格好良い表札をアルミとか鉄で名前を彫って造ってやるぜ」

「それいいですね！　本当ですか」

「百年もつ凄いものを造ってプレゼントしてやるからよ」

「じゃあ」

東ちゃんが笑いながら言った。

「岡島さん、うんと長生きしてもらわないとならないです。私なんか親にも結婚は当分できないんじゃないかって言われてるので」

「なぁに、あと十年二十年は大丈夫だ」

「でも岡島さんならもっとスゴイものも工場で自分で造れますよね」

西田さんが言った。

「なんだよスゴイものって」

「えー、なんだろ。車とか」

皆で笑った。

「そりゃあ材料と図面と場所さえありゃあ、車でも飛行機でも造って造れねぇことはないけどな。どこの職人でも同じさ。加工する技術は何にでも通用する。問題は場所よ。こんな小さい工場じゃあ文字通り小さなもんしか造れねぇよ」

それは前にも言ってたっけ。手に持てるもんならその気になれば何でも造れるぞって。

ご飯を食べて解散って思っていたんだけど、話の流れで近くの銭湯に皆で行こうってことになってしまった。

すぐ近所にある〈八萬湯〉はすごく古い銭湯で、建物も何もかも一見の価値があるっていうのは知っていて、撮影していたときも一度行ってみようって話しながら実現しなかったんだ。いいチャンスだし、岡島さんの昔話がおもしろ過ぎて皆がもう笑いっぱなしで少し汗ばんだぐらいだったから。

タオルも何もかも予備があるからっていう岡島さんの言葉に甘えて、皆で出かけた。銭湯に入るのなんか、まだ小さい頃に父さんと行ったとき以来だった。

「いいもんだろ。たまにゃでかい風呂も」

「そうですよね」

湯船の中でタオルを頭に載せて、岡島さんと話していた。隣の女湯には奈子さんと西田さんと東田さんが入っているんだけど、それを想像してもやもやするほど若くもない。いや充分若いんだけど、そんなこと妄想するのは高校生ぐらいまでじゃないか。

岡島さんの身体は、やっぱりかなり鍛えられていた。

もう七十代だからそれなりに衰えてはいるんだけど、それでも昔は凄かったんだろうと思わせる筋肉の付き方だった。傷だってたくさんある。たくさんというか、ちょっと驚くぐらいに古傷がたくさんあった。

自分の古傷がそうだからよくわかる。岡島さんの身体のあちこちにある傷跡は、相当に深いものだったはず。自衛隊の時代に付いたもんなんだろうか。

「柔道とか空手とかって、何段ぐらいまで取ったんですか？」

あぁ？　って岡島さんは少し笑って、顔を拭った。

「まぁ三段とか四段とかそんなもんだがな。ああいうもんは、そもそも段じゃねぇからな」

三段四段でも充分凄いと思うんだけど。

「段じゃないっていうのは、たとえば実戦ではそんなものは役に立たないとか、そういう話ですか？」

自衛隊にもいたって言っていたから訊いてみた。純粋に興味もあったけれど、もし奈子さんが〈カウガール〉なら、その技術を磨いたのは岡島さんだという可能性だってあるんだ。

「まぁ、そうさな」

岡島さんが息を吐いて眼を閉じた。

「喧嘩したことあるかい」

僕を見て、にやりと笑った。

「ないです。人生で一回もない」

「だろうよ。けれど、それでいいんだ」

いいんだ、って岡島さんは繰り返した。

「人間、争う必要なんかねぇ。平和に何でも話し合いで解決できればそれに越したこたぁないんだ。喧嘩なんざぁ馬鹿のするこったからな。あれだ、キノちゃんがこれから磨くのは逃げ足だけでいいのよ」

「それには自信があります」

運動は全然ダメだけど、短距離だったらけっこう速い方なんだ。

「そりゃいい。結局人間は生き残ったもん勝ちだからな」

なんか質問をはぐらかされたような気もするけど。

汗を流してあったまってさっぱりして、脱衣所で冷たいコーヒー牛乳を飲んだ。行きは一緒だけど、帰りは別々。女の長風呂に付き合えねぇからなと岡島さんと二人でぶらぶら歩いていた。

風が少し吹いてきて、本当に気持ち良い。お風呂の後に夜道を歩くなんていつ以来だろう。修学旅行以来かな。

煙草に火を点けて、岡島さんが言った。

「キノちゃんよ」

「はい」

煙を吐いて、僕をちらっと見た。

「訊いていいもんかどうかわからんけどよ。いいかな」

「何でしょう」

ちょいちょい、と煙草を僕の腕の方に向けた。

「右腕に大きな古傷があったな。そりゃあ刃物傷だろう」

やっぱり気づいていたか。

「そうです。ナイフで付けられた傷です」

「ナイフ？」

岡島さんが、歩きながら眼を少し大きくして僕を見る。

「喧嘩はしたことねぇ、って言ってたな。喧嘩じゃなければ、なんだい。人に話せることかい」

訊かれるかな、とは思っていたけどやっぱり思わず苦笑いしてしまった。

「あまり広めてほしくはない話です。でも、昔のことなので、いいですよ」

右腕を少し上げた。白いシャツの袖の下の傷。だから僕は半袖を着ない。

「小学生のときに、事件に巻き込まれて、人質みたいなことになったんです」

「人質ぃ？」

岡島さんが驚いて、少し大きな声を上げた。そこで家に着いたので、階段を上がってドアを開けて、中に入っていった。借りたタオルなんかを片づけて、岡島さんは冷蔵庫から麦茶のボトルを取り出して、コップに入れた。本当はビールを飲みたいんだけど、奈子さんに怒られるから飲まないんだ。

居間のソファに向かい合って座った。

「人質とは随分と穏やかじゃない話だがよ」

「そうですね」

よく覚えてはいるんだけれど、そのときの気持ちとかは何だか曖昧になってきてる。

「詳しくは言えませんけど、身内のごたごたみたいなものです。とにかく僕はナイフを持った男に羽交い締めにされて、よくドラマにありますよね。『近づいたらこいつを殺すぞ！』みたいな状態。あんな感じになったんです」

「そりゃあ完全に警察沙汰じゃねぇか」

「そうはならなかったんです」

僕を羽交い締めにしたのは、繁叔父さんの知り合いだった。悪いことをさんざんやっていたときの仲間。

だから、警察には言わなかったらしい。僕は子供だったからその後のことはよくは知らないんだけど。

「身内のことだったからかい」

岡島さんが顔を顰めながら言った。

「そうです。僕のこの怪我も、その人が傷つけようと思ってやったことじゃなく、僕が逃げようとして自分からナイフにぶつかったみたいなものだったんです」

それは本当だ。傷つけたその人も、驚いたらしい。

「だから、まぁその後にいろいろあったんですけど、僕は無事だったし怪我も縫えば済むものだったしってことで」

ふぅむ、って感じで岡島さんが腕を組んだ。顔を上げて壁に掛かっている時計を見た。それから身体を伸ばして開けた窓の外を見た。

「まだ帰ってこないか」

女の人はお風呂が長いっていうのは聞くけど、本当かどうかは僕はわからない。何せ家に女性がいないから。でも、いくらなんでももう上がってそろそろ帰ってくる頃じゃないか。

「あれだな、キノちゃんよ」

「はい」

「俺はな、初めて会ったときからよ、何かお前さんに感じていたんだよ」

「何か、ですか？」

何か、だ、って岡島さんは繰り返した。

「それが何なのかはわからんかった。大人しくてよ、声もちっちゃくてよ、そのくせ妙に人生を達観したような雰囲気を持ってやがった。カメラマンだっていうからよっぽどそっちの方の才能があってな？　天才みたいな感じでよ。それでオーラみてぇなものがあってそう感じるのかって思っていたんだけどよ」

「僕は天才なんかないじゃないですよ」

それは断言できる。もっとスゴイ人は世の中にたくさんいる。

「だな。俺が感じたもんは、キノちゃんがそうやって小さい頃に感じていた、ちょいと言葉は悪いが〈死の匂い〉みたいなもんかもな」

「死の匂い、ですか？」

ちょっと驚いてしまった。そんなこと、考えたこともない。岡島さんは、笑って手をひらひらさせた。

「いや、大げさ過ぎる言葉で悪いな。他に適当な、いい言葉が思いつかなかったもんだからよ」

でもよ、って続けた。

「ニュアンスは、近いんじゃないかと思うんだ。お前さんは、心の臓の病を抱えていた。それを小さい頃からわかっていた。自分が死に近いところにいるってのを周りの大人の行動や言葉からも本能的にもわかっていた。しかもだぞ」

岡島さんは、済まなそうにして手を軽く拝むようにして僕に向けた。

「自分が助かったと思ったら、お母さんが死んじまった。そして、そんな傷まで付けられるようなことにも巻き込まれた。そりゃあ全部小学生のときだろう」

「そうです」

息を吐いて、岡島さんは首を横に軽く振った。

「信じられねぇな。まだ小学生のガキがよ、そんなに何度も死線をかいくぐってんだよ。自分の意志じゃなくてもよ。そういうもんが身体に染みついちまってもしょうがねぇが、キノちゃんは全然元気だよな？　死にたいなんて思ったこともねぇよな？」

「全然まったくないです」

これも即答できる。

わりと神経質そうに見えるし、引きこもりとか鬱っぽいとかそんなふうにも見られるんだけど、僕はかなり楽観的な人間だ。世の中の大抵のことは、どうにかなるって考えている。

「そこだな」

「何です？」

拳を握って、岡島さんはとんとん、と自分の胸を叩いた。

「お前さんのその病を克服したハートってのは相当強くなってんだよ。自分でもわかんねぇだろうけどな。だからお前さんは死ってもんに近いのに、遠い。そういうバランスを保ててるんだ」

言っていることは理解できるけど、何だかよくわからない。

「バランスが悪い男に感じるんですかね？」

「逆だよ。バランスがいいんだ。そんな男はこの平和な日本に滅多にいない。いたとしてもそいつは〈や〉のつくような危ない連中か、お巡りとかそういう類の連中の中にしかいない。お前さんみたいな若い大学生になんかまずはいないだろうさ」

褒められているんだと思う。

でも。

「そんなふうに感じる岡島さんも、じゃあ死線をかいくぐってきたんですか？」

右腕を上げた。

「僕のこの傷が刃物の傷だってすぐにわかったようですけど、岡島さんの身体にもたくさん傷がありましたよね？　自衛隊ではそんな身体中傷だらけになるような危険な訓練をするんですか？」

自衛隊は、戦争なんかしない。そもそも日本は敗戦以来平和な国だ。それなのに岡島さんの身体には、本物は見たことないけれども銃創みたいな傷もあった。

岡島さんは、にやっと笑った。

「この傷についちゃあ、いろいろある。おっと」

外を見た。

「奈子たちが帰ってきたな。キノちゃんよ」

「はい」

「この話、今日のところはここまでだ。明日の夜は時間あるかい」

「ありますけど」

手を伸ばしてきて、僕の肩を叩いた。

「ちょいとお願いがある。男同士で話をしようや」

☆

岡島さんが指定してきたのは新宿の東京芸術劇場の近くにある小さなバーだった。

大きなカラオケの隣の細長いビルの三階。白髪のマスターが一人でやっている小さなお店。言われた通りに六時に店に着いたら、もう岡島さんが来ていて、カウンターの端に一人で座っていた。

僕が入っていくと、「よっ」って感じで手を上げた。

「済まんな。こんなとこにまで呼び出して」

「いえ」

お客さんは誰もいない。バーなら六時はまだ開店してすぐか、開店前の時間じゃないのか。白髪で背の高いマスターは優しい笑顔で「いらっしゃい」と言ってくれた。年は、ひょっとしたら岡島さんと同じぐらいか、少し若いぐらいか。

「何にします？　ソフトドリンクでもいいですよ。コーヒーもあります」

「あ、じゃあコーヒーください。ホットで」

マスターが頷いた。まだ晩ご飯を食べていない。空きっ腹に飲むと途端に酔いが回ってしまう。

「昔馴染みさ」

岡島さんが、くいっ、と顎を動かしてマスターを示した。ウイスキーかと思ったけど、岡島さんがグラスで飲んでいる茶色のものはウーロン茶だった。

「昔馴染み」

こくん、と頷く。

「お互いにお互いのことは何でも知ってる。だから、あまり他人様には話せないことを話すときにはここに来るのさ」

岡島さんがそう言うと、マスターはコーヒーをペーパードリップで落としながら苦笑いを見せた。

「まぁ、あれだ」

ウーロン茶を一口飲んでから、煙草に火を点けた。

「長話で若いもんを退屈させてもなんだからな。スパッと言っちまうけどよキノちゃん」

「はい」

「おめぇ、奈子をどう思う」

僕をじろっと睨んだ。

「どうって」

「問い詰めてるわけじゃねぇよ。キノちゃんのことはよ、それこそまるで孫のように思ってるぜ。そんなに付き合いが深いわけじゃねぇから、まぁ親戚の子供ってところか。初めてうちに来たときからよ、この若いのがどんな野郎になっていくのかって興味があったんだぜ」

それは、奈子さんも言っていたっけ。岡島さんは僕のことを気に入っていたって。

それは、昨日話した〈死の匂い〉のせいだったんだろうか。

「でもよ」

煙草の煙をそっと吐き出した。

「お前さん、急に思いついたように遊びに来たよな。それは嬉しくてよ、ありがたいことだったんだがよ。家の近くまで来たからついでに寄ったって言ってたけどよ、そうじゃないんじゃないか？」

少し、笑った。

「奈子がうちの孫だってわかったから、来たんじゃねぇのかい。俺はそう思ったんだがな」

それは、誤解だ。でも、どうしてそんな誤解をしたかは理解できる。

きっと岡島さんは、僕が岡島さんの家に来た奈子さんを見たときの反応に気づいていたんだ。それを見て、僕が奈子さんのことを知っていたのに気づいた。あるいは、コンビニでバイトしていたのを覚えていたことに気づいた。

だから、そういう誤解をした。

奈子さんのことを〈カウガール〉だと疑っていることを岡島さんにはまだ知られたくない。そもそも〈カウガール〉のことを岡島さんも知っている可能性だってある。

この会話も実はここに来る前に想定していた。そんな話になるんじゃないかって思っていた。だから、驚いた演技をすることもできた。

「いや、そうじゃないですよ」

苦笑いしてみる。

「奈子さんがコンビニでバイトしていたのは、会ったときにすぐにわかりました。撮影してた頃に何度も買いに行きましたから。だから、驚いたんです。岡島さんの孫だったってことに」

岡島さんが、じっと僕を見た後に、少し笑った。

「まぁそりゃいいや。そういうことにしておくか。でもよ、キノちゃん」

「はい」

マスターが会話の邪魔をしないように、そっと僕の前にコーヒーを置いてくれた。少し頭を下げてから、カップを持って一口飲む。

「奈子のことを気に入ってるよな。昨日だってずっと奈子のことを撮っていたよな」

それにも気づいていたんだ。岡島さんは、僕が思っているよりずっといろんなことを敏感に感じ取る人なのかもしれない。

ここは、正直に言う。

頷く。

「気になってます」

「それは、もし上手くいくもんなら、付き合いたいってことだよな？」

まだそんなつもりはないけど、そうしておく。

実際、〈カウガール〉かどうかは別にして奈子さんはいい人だ。普通にデートしたり、そういう男と女としてお付き合いができるんなら、たぶん嬉しいと思う。

「そう思っています」

岡島さんは、大きく頷いた。それから、煙草の煙を大きく吐き出した。

「お願いってのは、そこだ」

そこ？

「あいつは、今まで男と付き合ったことなんかない。それは間違いねぇんだ。本人も言ってる。男と付き合うより身体を鍛えたり、自分の好きなことをやっている方が楽しいってな」

「そうなんですか」

「そりゃあまぁ個人の勝手だ。俺がどうこう言うこっちゃないんだがな。キノちゃんよ」

「はい」

「あいつは、何か秘密を抱えてる」

「秘密？」

うん、って頷いて、僕を見た。

「他人様に言えない秘密を抱えて、毎日を過ごしている。そこんところを問い詰めたいんだが、いつもはぐらかされちまう。この年寄りには教えてくれねぇ。何よりも」

「何よりも？」

岡島さんの顔が、悲しそうに少し歪んだ。

「その秘密ってのが、どうもあいつが二十過ぎの若いみそらの女の子のよ、あたりまえの楽しい毎日ってのを奪っているような気がしてしょうがねぇんだ。それをよ」

キノちゃん、と、僕を呼んで見た。その瞳に、懇願の思いが詰まっているって僕は感じた。

「そいつを、探ってくんねぇか。奈子と付き合ってよ」

5

奈子さんと付き合う。秘密を探る。

「その秘密って、何ですか」

訊いたら、岡島さんが苦笑した。

「それがわかったら秘密じゃねぇだろうよ。祖父であるこの俺があれこれ考えてもまるっきりわかんねぇから、頼んでんだよ」

まぁそれはそうだけど。

「友達としてじゃなくよ、恋人同士になりゃあお互いの深いところまでもわかってくるだろうよ。そうだろ？」

「そうですね」

恋人とまで呼べる人が今までいなかったので何とも言えないけど、たぶんそういうものだと思う。

「そんときによ、奈子の抱えてるもんが重いもんだったらよ。それを一緒に持ったり取れるもんなら取り除いてほしいのよ。要するに、奈子を幸せにしてほしいんだよ」

岡島さんは酔っぱらっているわけじゃない。飲んでるのはウーロン茶だ。本気で言っているってことは、本気で奈子さんのことを心配しているんだ。祖父が孫に向ける愛情っていう部分だろうけど、それよりもはるかに強い気持ちで。

そうじゃなきゃ、恋人になってくれ、なんて赤の他人の僕に頼めないだろう。

「誰もが秘密を抱えてるよな」

マスターが、何か思わせぶりな感じで言って、岡島さんが鼻を鳴らした。

「余計なこと言ってんじゃねぇよ。このキノちゃんは今時珍しい純真無垢(じゅんしんむく)な若者だぞ」

「いや、そんなことないです。真っ黒です」

言ったら、マスターも岡島さんも二人で笑った。

「真っ黒か。君が真っ黒なら俺たちはどす黒いジジイたちだな」

「だから余計なこと言うなって」

マスターが肩を竦めてみせて、それから煙草に火を点けた。

「でもよオカよ、お前、孫可愛さにその純真無垢なキノちゃんにそんな頼みをしてるけどな。キノちゃんだって困るだろう。孫娘と付き合ってくれったってさ。秘密を探れなんて、何でそんなことを頼むんだ、重たいぜこのジジイって思うぜ普通」

岡島さんが思いっきり唇をひん曲げて唸った。

「どうしてこのバカ祖父が、孫可愛さにそんなことを言うのか、その奥にあるのが何かを明かしもしないで頼むのは、仁義に悖ると思うぜ」

仁義に悖るって、ものすごい古い言葉だ。何となく意味はわかるけど。岡島さんは唇をひん曲げたまま、うーん、って唸った。

「いや、でも岡島さん。僕が奈子さんと付き合いたいって思ったとしても、奈子さんにそんな気がなかったらどうしようもないわけですから」

そもそも、僕はそんなに、っていうか全然押しが強くない。

「いや」

岡島さんが頷いた。

「別に何としてもって言ってるわけじゃねぇ。どうにもならんかったらそれはそれでしょうがねぇさ。所詮男と女のことなんかどうなるかわかんねぇ」

それは、そうです。

「ただ、何にも言わずにってのは確かにそうだ」

そう言って岡島さんは、右足のパンツの裾を捲り上げて、僕に向かって見せた。

「ここに、傷があるだろ」

「はい」

丸い形の傷。何か、鉄棒みたいなものが刺さったような傷だ。それは一緒に銭湯に行ったときにも気づいていた。仕事中に事故で何か刺さったのかなって思っていた。

「こいつはな、銃創だ」

銃創。銃による傷。つまり、弾丸がそこに当たった。やっぱりそうだったのか。

「自衛隊のときの傷ですか？」

岡島さんは、首を横に振った。

「俺はな、自衛隊を辞めて、外人部隊に入ったことがある」

「外人部隊」

知ってる。傭兵となって、どこかの国の軍に入隊して戦争をするんだ。

「フランス外人部隊だ。名前ぐらいはどっかで聞いたことあるだろ」

「あります」

ふぅ、と息を吐いて足を元に戻して、岡島さんはウーロン茶を飲んだ。

「この男も、実はそんときの仲間みたいなもんさ。アルジェリア戦争に行ったときのな」

アルジェリア戦争？　アルジェリアっていう国があるのは知ってる。確か北アフリカじゃなかったっけ。そこで昔に戦争があったのか。フランス外人部隊に入って、岡島さんはそこで戦ったのか。

「いつぐらいの話ですか」

「キノちゃんが生まれるずっとずっと前の話だ。俺たちが入隊したのは一九五九年だったか？」

「そうだ」

マスターが頷いた。一九五九年って、今から五十七年も前。岡島さんは今、七十六歳か七十七歳のはずだから、十九歳か二十歳のとき。つまり、今の僕より若い頃。

「十九歳のときですか？」

うん？　って岡島さんは首を捻った。

「いや、二十歳になっていたぞ。俺は今年で七十六だから、ええっと」

指を折って数えた。

「あぁ十九か。そういやキノちゃんよりも年下だな」

「いや、二十歳だったんじゃないか？」

「まぁ大体そんなもんだったな」

そうなのか。そんなもんか。五十七年も経っていたらそれで済ませちゃうのか。

外国で傭兵として戦った。

繁叔父さんは、いろいろっていうレベルをはるかに超えるほどとんでもないことをやってきた人で、僕はその人生に起こったいろんな出来事を聞いているから、たいていの人の経歴には驚かない。でも、外人部隊に入って戦争に行って戦った人に実際に会うのは初めてだった。

岡島さんは、僕の方を見ないで続けた。

「つまり、俺は人殺しだ。人を殺して金を貰ってきた男だ」

戦争は、敵を倒さなきゃならない。あたりまえだ。戦争はそういうものだ。外人部隊ってことはもちろん、そこで戦って給料を貰っているんだ。それはそうだろう。

この優しいお祖父さんである岡島さんが。

「軽蔑するかい」

「いや、そんなことはないです」

軽蔑するとか、そういう話じゃない。僕たちが生まれるそのずっと前に戦争はあった。日本もそれをやっていた。父さんの話ではお祖父ちゃんが実際に戦争に行っていたそうだ。だから、そういう過去を持っている人をいちいち軽蔑なんかするのはおかしいし、身がもたない。

「自分で望んで行ったんですよね。マンガや小説みたいに騙(だま)されて入隊したとかそんなんじゃないんですよね」

「そりゃあもちろんだ」

岡島さんが苦笑した。

「何でそんなことまでして戦ったって話を始めたら、まぁしちめんど臭い青臭い話になる。手っ取り早く言えば、俺はそういう人間だったって話だ。いいわけしておくなら、決して金になるとかそんな理由で行ったわけじゃない。金になるってんなら、この年でこんなちんけなバーでマスターやってたり町工場で職人なんかやってねぇってな」

なぁ、と、岡島さんに言われて、マスターも苦笑(にがわら)いした。

「日本に帰ってきたのは、いつぐらいなんですか」

「あぁ、三年だ。三年向こうにいて帰ってきたから、二十二、三の頃か。今の仕事を始めたのは、それから二年後ぐらいだったか」

まぁその辺はいいさ、って続けた。

「つまりな、キノちゃん」

「はい」

「俺ん中にはそういうもんがある。人間なんてもんはたとえ血を分けた子供であろうと、まったく別の人間だ。だけどよ、遺伝ってもんがあるじゃねぇか」

遺伝。

「嫌でも親と似ちまうところってあるだろうよ。俺の娘もよ、俺と似てちょっとばかり、何ていうかな」

そこで、言葉を切って、ウーロン茶を飲んだ。

「許せねぇもんをてめぇの手でぶっ叩くようなところがあった。そういうのをさ、頭に血が上りやすいとか、正義感が強過ぎるとか、義憤に駆られるとか、いろいろまぁ言い回しがあるだろう。自分のことは何て言っていいかわかんねぇし、言葉にしたくないってのもある」

わかるかな、って感じで岡島さんは僕を見た。

考えてみた。

考えても本当のところはわからないだろうけど、思ったことを素直に口にした。

「岡島さんは、戦うことが自分にできることだって思ったんですね。自衛隊に入ってもそういう思いが消えなかったんですね。だから、外国の戦いに行ったんですね。そうしなきゃならないって思って、そしてそれがどういうことか、戦うってことが本当はどういうことなのかがわかったから、帰ってきて、それから平和を望む普通の暮らしをしていたんですね」

マスターが僕を見た。岡島さんも、眉を上げて右眼を細めて僕を見てから、マスターを見た。

「どうだい。俺が孫と付き合ってくれって言った意味がわかったろう」

マスターが、小さく頷いた。

「少しわかったな」

岡島さんが満足そうに頷いた。

「そんなふうに解釈してもらえると、助かる。そして、俺のこの気質みたいなもんが、どうも奈子にも受け継がれてる。あいつぁ小学校の頃にいじめをやっていた同級生の男の子をぶん殴っていたんだ」

「マジですか」

顔だけ見たらそんなふうには全然思えないのに。

「だからって、乱暴者ってわけじゃないぞ？　話し合ってどうにもならないから頭にきて殴ったって感じだ。大きくなってからも、理不尽なことをやる友達が許せなくて文句を言ったりして、そのせいで友人がどんどん減ってるってこった。あそこのコンビニのバイトもな」

「駅前のですか」

「そうだ。くだらねぇいちゃもんをつけてきた客の尻を蹴飛ばしてクビになったんだ。ただしそれに関しちゃあ店長も感謝してたぜ。自分にできないことをやってくれたし、もし奈子がいなかったら店がめちゃくちゃになっていたってな」

そうだったのか。

「まぁそういうのがあってな。なんだかんだ言いながらも娘は結婚して今も上手くやってる。奈子もよ、いい人を見つけて幸せになってほしいんだが、どうにも」

「何か秘密を抱えている気がしてならない。それが杞憂ならいいけど、もし何かあるんなら、自分にできることなら何か手助けしてやりたいってことですね」

タン！　と、岡島さんがカウンターを叩いた。

「キノちゃんは話が早くて助かるぜ。そういうこった」

岡島さんが、奈子さんについて心配していることは的を射ているのかもしれない。

もし彼女が僕の想像通り〈カウガール〉なら、まさしく岡島さんの気質みたいなものを受け継いでいるのかもしれない。

だとしたら、それを探るのはまさに僕はうってつけみたいだ。きっと奈子さんが〈カウガール〉かもしれないって疑っているのはこの世で僕だけだ。運命みたいに。

でも、いろいろと問題もある。

高校生の頃に付き合った子とは、僕が大学に行って彼女が就職してそのうちに会わなくなって自然消滅してしまった。それから、誰かに付き合ってほしいと言われたことも、カノジョにしたいなと思ったこともなかった。

普通に可愛い女の子は好きだけど、『あの子いいな』と思った瞬間にその女性は僕にとって魅力的な被写体になってしまうって感じだ。興味の方向が入れ替わってしまう。そもそも好みの女の子っていうのもいない。何かいいなと思えばそれが好みだってことらしいけど、それはつまり〈被写体としていいな〉ってことにも繋がってしまうんだ。

その辺のバランスっていつか変わるのか、被写体とかそういうのもぶっ飛んでしまうほど、女性を好きになることがあるのかなって考えたこともあるけれど、全然わからない。

つまり、僕は恋ってものを考えるのが苦手な男なんだと思うんだ。

それは前に西田さんにも東田さんにも言われたことがある。『キノピオって女の子との接し方が違うよね』って。

奈子さんと仲良くなることはできた。メアドも電話番号も知ってる。いつ連絡してもきっと親しく接してくれて、たぶんだけど、デートしませんかっていう連絡にも一回ぐらいはいいよって答えてくれると思う。その後に、付き合うことはできないよって言われるにしても、ちゃんと会って断らなきゃね、ぐらいには僕に好感を持ってくれていると思う。

問題は、そこから先だ。

どうやったら僕は奈子さんの恋人になって、岡島さんの心配事を探ってやれるのか。奈子さんが〈カウガール〉かどうかを確かめられるのか。

☆

何か、嫌な感じがしたんだ。

祖父に孫を頼むぞって言われたからって、すぐに奈子さんに電話してどうこうっていうのはあまりにも性急過ぎるだろう。やっぱり四、五日とか一週間は間を空(あ)けてまた奈子さんに連絡しようと思っていた。

アルバイトをしているジムの休みは火曜日か水曜日って言っていた。シフトを組んでいるので休みは決まっていないそうだ。夜は大抵は家にいるそうなので、次のお休みにどこかでご飯でも食べませんかって誘ってみるつもりだった。

だから、その日までは普通に過ごしていた。講義が終わったらふらっと気の向いた場所に行って、夕暮れから夜に変わっていく街やそこを行き交う人々の写真や動画を撮ろうと思っていた。

東京駅に行ったのは、まだその辺りを撮っていなかったからだ。レンガ造りの駅舎が完成したのは知っていたしニュースで見てきれいだなって思っていたから、その辺を撮ろうと思っていた。

近くのビルのテラスから撮ると最高にきれいだっていう情報もチェックしていたので、そこに行って、カメラを構えていた。

そのときに、何か嫌な感じがしたんだ。

別に僕は勘が鋭いとかそういうのはないと思う。でも、そのときは何か感じて、ゆっくりとカメラを構えたまま一回転してみた。

動画を撮影している人間がぐるっと辺りを撮っているんだな、と思われるように。

そしてカメラのフレームに入ることを嫌がる人も、気を遣って腰を屈めたりする人がいることも知っているので、ファインダーを少し上に向けた。

近くの高層ビルを撮っているんだなと思われるように。

でも、ギリギリでフレームの下に同じテラスにいる人の顔が映るように。

別に、変な雰囲気の人はいなかった。若いカップルだったり、老夫婦だったり、あるいはスーツを着た四、五人の集団だったり、いろいろだ。全部で二十人ぐらいはいたんじゃないかと思う。どこにでもある風景だった。

でも、何かを感じた。だから、そのままそこを後にして、繁叔父さんの店に、〈喫茶あんぼれ〉に向かうことにした。

叔父さんからずっと前から言われていたんだ。外で何かあったら、異変を感じたら、まっすぐ家に帰る前に店に寄れって。自分の身を守るために。

東京駅から山手線に乗って渋谷の〈喫茶あんぼれ〉に着いたのは午後六時十分だった。ドアを開けると店の中には沢田研二（さわだけんじ）の曲が流れていた。タイトルは知らないけど、有名な曲のはずだ。

「いらっしゃい」

繁叔父さんはカウンターの入口に近いところに座って、カレーライスを食べていた。お客さんは誰もいなかった。いつも思うけどここは時間帯によって客の出入りが本当に極端でまったくパターンがない。この時間は満席のこともあるし、こんなふうに誰もいないこともある。

「晩ご飯は？　食べる？　今日のカレーは傑作よ」

「あ、じゃあ食べる」

父さんも遅番だ。叔父さんが立ち上がろうとするので言った。

「いいよ、お客さんもいないし自分でよそうよ」

「あらそうお。お願いね」

勝手知ったる叔父さんの店。カウンターの中に入って、カレー皿を取って炊飯器からご飯をよそう。

「カレーも温まってるから大丈夫よ。サラダも冷蔵庫にあるわ」

「うん」

叔父さんの店ではどんなにヒマでもこうやってカレーやらスープやら、そういう温めたらすぐに食べられるメニューを作っておく。それは絶対に無駄にならないそうだ。そういう時間になると、そういう人たちがやってきて食べていくらしい。僕は見たことがないんだけど、ホームレスともなんとも言えない人たちらしい。渋谷やその辺にいる、叔父さんが言うところの僕の生活には関係ない人たち。

父さんは、そういう人たちとの付き合いがある叔父さんと僕が仲良くするのも、この店に出入りするのも本当のところではあまり良くは思っていない。でも、叔父さんのことを本当は嫌っているわけでもない。

兄弟の間のことなので僕は立ち入らないようにしているし、父さんも叔父さんも僕にはあまり話さないけど。

「いただきます」

「はい、どうぞ」

叔父さんと並んで、カレーを食べる。叔父さんの料理は本当に何でも美味しい。この味をいつか身に付けたいと思う。

「ねぇ、英志ちゃん」

「なに？」

叔父さんが僕を見ながら、何だかニヤニヤしてる。

「狙ってる子がいるんですって？」

「狙ってる子？」

「さっき、西田ちゃんが来てたのよ」

西田さん。

「また来てたの？」

「何か気に入ったんですってここを。友達と四人ぐらいで来てたわよ。そしたら言ってたわよ。キノちゃんは最近恋をしたみたいだって」

うわぁ。まさかここでそんなことをチクられるとは思わなかった。

「叔父さんだから言いますけどね、って嬉しそうに言ってたわよぉ。あの子、英志ちゃんのことを本当に仲間だって思ってるのね。いい子よ」

「それは嬉しいし僕も仲間だって思ってるけどさ」

口止めしておくべきだったか。でもそんなことしてもしょうがないし。

「誰よ。どこの子よ。西田ちゃんの口ぶりでは大学の子じゃないみたいだったけど」

「そこは言わなかったんだ」

ちょっと安心して、カレーを口に運んだ。

「その辺は本人に確認してくださいって言ってたわよぉ」

「まぁしばらくは放っておいてください。まだ一ミリも進んでいない状況なので」

「あらそうお？　まぁその辺は英志ちゃん奥手だからねぇ」

そんなつもりはないんだけど。叔父さんは笑って優しく言った。

「まぁ焦らないで、じっくりゆっくり行きなさいよ。英志ちゃんの良さってねぇ、ちょっと付き合っただけじゃわかんないかもしれないわよ」

そうなのか。

「僕の良さ、って何？」

そうねぇ、って繁叔父さんが少し考えた。カレーをすくって食べる。

「まず、優しいわね。でもその優しさっていうのが、伝わり難いのよ。初めて立っちした赤ん坊をじっと見つめて、転んで泣いても少しの間は、もう一度自分で立ち上がらないかなってじっと見てるような優しさね」

「え、よくわかんない」

そもそも初めて立っちした赤ん坊なんて実際には見たことがない。

「その子の強さを信じる優しさよ。世の中ね、何でもかんでもすぐに手を差し伸べればいいってもんじゃないのよ。距離を置く、突き放す優しさもあって然るべきなのよ。それが必要なときであるならばね」

説明されてもそれが自分の良さなのかどうかがよくわからない。そもそも自分のことを完全にわかっている人間なんているんだろうか。

「要するに、カメラを構えているカメラマンみたいにいろんなものを見て考えているってこと？」

「あぁ」

叔父さんが小さく頷いた。

「そうね。ある種の自分なりのファインダーを生まれながらに持っているっていうのは、あるかもしれないわね。そういうところ、英志ちゃんは兄貴に似てるわよ」

「そうかな」

「あの人もそういう人だからね。遺伝ってあるのよねぇ」

「じゃあ叔父さんも兄弟なんだから、父さんと同じような、似たところはあるんじゃないの？」

私はねえ、って笑った。

「兄貴は親父に似たのよねえ。私はおふくろに似たんだわきっと」

父さんの方のお祖父ちゃんお祖母ちゃんは僕が小さい頃に死んでしまったから、まったくどんな人だったのかわからない。

カレーを食べ終わって、叔父さんがコーヒーを淹れてくれて、それだけ時間が経ってもお客さんはまったく入ってこない。経営は大丈夫なんだろうかと思うけど、この場所でもうそれこそ僕が生まれた頃からお店をやっているんだから、大丈夫なんだろうけど。

「叔父さん」

「うん」

「ちょっと観てほしい映像があるんだけど」

あら、って顔をした。

「まさかまたあの女の子を見つけたとか言わないでしょうね」

「まさか」

それなら、もし今度現場に遭遇したのなら躊躇わないで僕は確認する。奈子さんかどうか。それなら話は早いんだけど。

「さっき、ここに来る前に東京駅で撮影していたんだけど」

話しながらカメラバッグからMacBook Airを出して、立ち上げる。

「近くの〈KITTE〉ってビル知ってる？」

「知ってるわよ。郵便局だったビルでしょ。行ったことあるわよ」

叔父さんが頷きながら、煙草を取って火を点けた。煙が流れていく。

「そこのテラスから、東京駅や人の流れを撮っていたんだ。そしたら、何かイヤな感じがして」

「イヤな感じ？」

叔父さんの眼が少し細くなった。

「何気ないふうにして僕の周りを撮影したんだけど」

動画を流した。

夕暮れ時の東京駅付近。本当にこのレンガ造りの駅舎はいい建物だと思う。これを見に来るだけでもちょっとした観光気分になれるんじゃないかと思うぐらい。

そこから、ゆっくり僕が構えたカメラは巡っていく。少し画角を上にして、高層ビルを、あるいは少し上の染まってきた空を撮るようにして、ゆっくりゆっくり回っていく。

同じテラスにいる人は、顔ぐらいしか映らない。子供だったら映らない。叔父さんはじっとディスプレイを見ている。

「止めて」

叔父さんの声で、ストップさせた。

「ちょっと戻って」

ほんの数秒、戻す。そこに映っていたのは、スーツを着ている男性が二人。一メートルぐらい離れて、何となく辺りを見ている。別に特徴も何もない人たちだ。身長もそんなに変わらないけど、一人は黒縁の眼鏡を掛けて、一人は掛けていない。髪形も、普通だ。サラリーマン風のきちんとした髪の毛だ。

年齢は、何とも言えないけどたぶん三十代。四十代まではいってないんじゃないかと思うけど、わからない。

叔父さんが、眼を細めている。

「拡大はできる？　ズームで顔をもう少し大きくできる？」

「できるよ」

顔の部分だけをズームさせる。もちろん、見たことない人だ。見たことないというか、そんなに特徴もないのでどこにでもいるような人たちだ。

繁叔父さんが、ディスプレイを凝視しながら、僕の肩を掴んだ。

「間違いないのね？」

「何かイヤな感じがして、ゆっくりと振り返ったらこの男がいたのね？」

「何が？」

「そういうこと」

振り返りながら、撮影した。叔父さんの深い深い溜息(ためいき)が聞こえてきた。そして、何かを考えるように下を向いたまま黙ってしまった。

僕の、イヤな感じっていうのは当たったんだろうか。このサラリーマンのような男たちに叔父さんは心当たりがあるんだろうか。あるいは、知り合いなんだろうか。

叔父さんは、ずっと考えている。

「英志ちゃん」

「うん」

「あなた、あれから、あのヤバい女を捜そうって思って変なことをしたりはしてないわよね」

正確に言えばしてないことはないんだけど、実際に追いかけたりはしていない。僕は単に知り合いの家に行っているだけだ。そこに奈子さんという、ひょっとしたら叔父さんの言うヤバい女、〈カウガール〉かもしれないっていう人がいるだけ。

だから、ごまかした。まだ言わなくてもいいような気がする。

「してない」

いる。

「本当に？」

「本当に」

そう、って言って叔父さんは今度は上を向いて何かを考えている。煙草を吹かしている。

「英志ちゃん」

「うん」

「あなたって、ひょっとしたら本当に才能があるのかもね」

「何の才能？」

わからないわ、って叔父さんが続けた。

「わからないけど、英志ちゃんが本気でモノを撮影しているときの感覚の鋭さは常人のレベルをはるかに凌駕（りょうが）しているのかもしれないわ。それを、才能というのよ」

ということは。

「この人たちのことを、繁叔父さんは知ってるの？　ヤバい人で、僕のことを見ていたってこと？」

叔父さんが、煙草の煙を吐いた。

「私がドジったのかもしれないわねぇ」

「何をドジったの」

「あの写真よ。ヤバい女と老人が写った写真。あれを信頼できる人に見せて確認してもらったんだけど、どうやら私が考える以上にヤバいものだったのかもしれないわ」

それは、つまり。

「叔父さんが信頼している人が、ミスをしたってこと？」

「違うわ。その男は信用できる。何があったって私を裏切ったりしないわ。もちろん英志ちゃんのこともよ。だから、そいつですら把握（はあく）できていなかったレベルであの写真がヤバいものだったってことよ」

叔父さんが、溜息をついた。

「この男たちは、警察関係の人間よ。私は顔を知ってるわ。この男ね」

叔父さんが指差したのは、左側の男の人。眼鏡を掛けている方の男だ。

「刑事とか？」

訊いたら、叔父さんはすぐに首を横に振った。

「知らなくていい。でも、警察関係なんだから別に英志ちゃんに危害を加えるとかそういうことじゃないと思うわ。観察していたのねきっと。これが初めてだったのか、それともあの写真があることが発覚してからすぐに行動を開始したのかはわからないけど」

「観察というか、監視？」

「監視、じゃないわね。あの写真を撮った経緯はわかっているはずだから、別に英志ちゃんが何を起こすわけじゃないし。今すぐにどうこうじゃないと思うわ。わからないけど。でも」

あぁ、って叔父さんが呻いた。

「どうしたらいいかしらねこれは。何だか久しぶりに血が騒いでいるわよ。頭も心もフル回転してる」

「どうにかしなきゃいけないものなの？」

訊いたら、頷いた。

「少なくとも、自衛のために何か考えなきゃならないわね。これ以上巻き込まれないように。安心しなさい。そういう事態になっているんだってことがわかったんなら、何が起ころうとも英志ちゃんには指一本触れさせやしないから」

6

そのためには、って繁叔父さんが続けた。

「全部、何もかも、洗いざらい話しなさい」

いつもの、オネエ言葉じゃない。柔らかな声じゃない。大人の男性の喋り方で叔父さんが、僕を真っ直ぐに見つめて言う。

本気になった叔父さんの眼。

僕が生まれる前には、もう父さんと繁叔父さんはほとんど疎遠になっていたそうだ。お祖父ちゃんの後を継いで写真館の主になろうとしていた〝真面目な兄〟と、学生の頃から自分がゲイであることを自覚して、でも時代のせいでそれは普通の社会からドロップアウトすることを意味してしまい、そうなってしまった〝不真面目な弟〟。そういう図式が成り立ってしまって何年も経っていたって。

でも、別に仲が悪かったわけじゃない。

父さんは夜の世界を歩き回って、おかしな連中との付き合いもあった繁叔父さんに何とかして真面目になってほしいと願っていたし、叔父さんは叔父さんで、犯罪者になったわけでもなく自分の好きなようにやって世間の荒波を泳いでいただけの話で、たまに煩いことを言ってくる父さんのことを確かに少し鬱陶しいとは思っていたけれど嫌っていたわけではなかったって。そもそも叔父さんも、こんな自分が家にいては迷惑を掛けるってことでずっと距離を置いていたそうだ。

でも、僕が生まれたことで、父さんと叔父さんは兄弟としての時間を取り戻すことができた。それは、二人とも嬉しそうに言っていた。

初めての甥っ子である僕を、繁叔父さんは本当に可愛がってくれたそうだ。それまで父さんが結婚しても、一応結婚式には顔を出したけど、まったく家に寄りつかなかったのに、僕の顔を見るためにお土産を抱えてしょっちゅう帰ってくるようになった。そのまま家に泊まっていって一緒にご飯を食べるようにもなった。それは、ずっと失われていた家族の時間を取り戻したようで、お祖父さんもお祖母さんも喜んでいたそうだ。

僕の病気が判明してからは、叔父さんは文字通り奔走したらしい。

夜の世界や、父さんの知らない業界であれこれ手立てを講じて何とかして僕を助けようとした。僕が今こうして健康で暮らしているのも叔父さんが、どんな手段を使ったかは別にして父さんに代わって手術費用を掻き集めてくれたり、最高のお医者さんを探してくれたりしたお蔭だって、父さんは言っていた。

だから、叔父さんの悪い仲間が、ある事情で切羽詰まって僕を人質に取ってそれで僕が怪我してしまったときも、父さんは叔父さんを悪くは言わなかったらしい。

生きる世界が違うというだけ。そして、ちょっと歯車が狂ってそういう事件が起きてしまっただけ。傷はついたけれど僕が無事だったんだから、最終的に事件を解決したのは叔父さんだったんだからそれでいい。

でも、二度と僕を危険な目に遭わせない。大人になって一人で歩いていけるまで共に見守る。

それだけを誓って、父さんと繁叔父さんは、微妙な距離を保ちながら兄弟をやっているんだ。まぁ大学生で二十一歳なんだから僕は充分大人で、社会人になるまでの金銭的な問題は別にして、精神的には父さんや叔父さんの庇護の下から独り立ちしなきゃならないんだけど。

「何か、隠しているでしょう。ひょっとして、恋をしてるってことも関係しているんじゃないの？」

叔父さんは、鋭い。普段はそんなことをまったく感じさせないただのオネエキャラの中年なんだけど。

そして、凄みを感じさせる。叔父さんの生きてきた世界は本当に小説やマンガみたいな話ばっかりで、決してそんな人生を歩みたいとは思わないけれど、でも、男としては憧れる部分もある。

「嘘をつこうと思ったわけじゃないんだ」

諦めて、僕はそう言った。

「わかってるわよ。英志ちゃんがそんな子じゃないっていうのは。さしずめ確証がなかったんでしょう？　だから、何かはっきりするまで黙っていようと思ったんでしょ。そういうところ兄貴にそっくりよね」

そうなのか。父さんはそういう男なのか。

「話しなさい。何もかも」

頷(うなず)いて、全部話した。

奈子(なこ)さんのこと。

岡島(おかじま)さんの町工場を撮影したのはもちろん叔父さんも知ってるから、説明するのに時間は掛からない。

コンビニでバイトしていた気になる女の子。その子が〈カウガール〉に似ていたって思ったこと。岡島さんに会いに行ったら、お孫さんがそのバイトしていた女の子で奈子さんだったこと。

そして、岡島さんの過去と、奈子さんと恋人になって何かあるなら何とかしてほしいって頼まれたこと。

繁叔父さんはじっと僕の顔を見ながら、頷きながら何も言わないで聞いていた。

「なるほどねぇ」

うん、って大きく頷いて、煙草(たばこ)を取って火を点(つ)けた。

「ねぇ、もう一度あの動画を見せてちょうだい。〈カウガール〉の。〈カウガール〉ってよく言ったものね。ピッタリだわ」

MacBook Airを取り出して、動画を流した。奈子さんじゃないかと疑っている〈カウガール〉が、あっという間に男たちを叩きのめす動画。

叔父さんは煙草を吹かしながら真剣な顔で見つめている。そして、溜息と煙を一緒に吐いた。

「何度見ても凄いわね。強い意志を感じるわよね」

「うん」

そう思う。強い意志だ。

「そういうものを、感じさせる女の子なのね？　石垣奈子ちゃんは」

「普通の元気な快活な女性だと思うよ。でも」

「でも？」

「ケンカしたら僕は負けるかなって気がする。口でも腕っぷしでも」

それはそうよって叔父さんは苦笑した。

「そもそも男は女に敵わないし、英志ちゃんはケンカに向いてないわ」

それは、自分でも思う。

叔父さんは頷きながら、煙草の煙を吐いた。ディスプレイに映った映像は〈カウガール〉が回し蹴りを決めたところで叔父さんが止めている。じっと見つめて、何かを考えている。

「奈子ちゃんを、〈カウガール〉だと仮定しましょう」

「うん」

「だとしても、それを目撃した英志ちゃんをこれに巻き込む可能性は少ないでしょうね。少なくとも正体を見抜かない限りは。いい子なんでしょ？　奈子ちゃんは」

「そう思う」

もちろん、まだ全然深く知り合っていないんだから、奈子さんが見かけからはまったくわからないとんでもないサイコパスだったなんていう可能性はゼロではないけれど、そんなことはないと思える。

「問題は、こいつらよね」

叔父さんが指差したのは、回し蹴りを決められた男。

「こいつらが半グレだっていうのは間違いないのよ。警察もそう発表しているしね」

「そうだね」

「そしてね、奴らは世間の人が思っているより大きな組織なのよ」

「組織」

繰り返したら、叔父さんは少し首を捻った。

「組織、って言い方は少し語弊があるかもね。チームかしら。あるいは集団？　暴力団とはまったく違う成り立ちのものなのね」

「そうなの？」

「そうなのよ」

叔父さんはゆっくりと頷いた。

「むしろ、暴力団、ヤクザ屋さんとは敵対している場合だって多いのよ。あ、これは言葉が少し適当じゃないかもね」

「敵対って、ヤクザに逆らっているの？」

それはむしろ正義の側じゃないかって思ってしまったけど違うんだろう。

「全部がそうってわけじゃなくて、関わらないようにしている連中も多いの。やってることは似たような犯罪の場合もあるわ。オレオレ詐欺とかさ、そういうのをね。この辺は話し出すと長くなるんだけど、私たちの時代のチンピラと同じだって考えるとバカを見るわね」

「そもそもチンピラがわからないよ」

「そうよね。ちょっと待って」

叔父さんがカウンターの中に入って、棚から小さなホワイトボードを取り出してきて、カウンターの上に置いた。

「暴力団がいるわね」
○を書く。
「そして、昔は不良とかチンピラとか呼ばれた連中は大体はこのヤクザ屋さんたちに目を付けられて、その傘下に入るわけよ。使いっ走りをさせられるわけね。そうしていつか組員になっていく連中もいる。ここはわかりやすいわよね」

「そうだね」

そういうのは映画やドラマでもよくある。

「ところが近頃は暴対法が制定されて十年も二十年も経ってるから〈街の悪そうな奴ら〉は、街で暴れたとしてもそこに絡んでくる暴力団を脅威にも思ってないわけね」

叔父さんが違う場所に小さな◯をいくつも描く。

「だから、そういう連中が頭も足も使って悪いことをして自分たちで稼ぐために徒党を、グループを組むのよ。そういうのを〈半グレ〉って呼んだ人がいて、それが呼び名として定着しつつあるのよ。こういう連中の中でも本当に頭が良くて度胸のある連中は、相当に力を持ってるところもあるわ」

「そうなの？」

「そうよ。力っていうのは〈お金〉って意味でね。そして、何せ奴らは別に組を構えているわけじゃないから法的にも規制できない。特定もできない。表向きにはちゃんと働いている若者が、裏で犯罪行為をやって稼いでいる。ある意味では暴力団よりわかりづらい分、性質が悪いわ」

叔父さんが僕を見た。

「どうしてここまで詳しく解説するか、わかる？」

わかった。

「奈子さんが問題なんじゃない。そいつらが問題なんだ。僕の身を守るためには」

「その通り」

トン、と。叔父さんがマーカーでホワイトボードを叩いた。

「仮定するわね。今まで、半グレの連中が叩きのめされた事件がいくつかあった。それは全部、奈子ちゃんがある目的があってやったことだと」

「うん」

たぶん、そうなんだろう。

「その目的が達成されたかどうかは、本人に訊くか、あるいはまたそういう連中が同じ手口で叩きのめされる事件が起こるまではわからない。でも、奴らは、少なくともヘッドとして動いている連中はバカじゃないわ。頭を使って稼いでいる連中も多い。そして、自分たちと同じような連中が、もしくは仲間たちがやられていると知ったら」

「当然、自衛策や対策を講じるよね」

「そうよね。今のところ〈カウガール〉にやられているのかどうかもわからないんでしょうよ、きっと。奈子ちゃんは無事なんだからね。でも、もしも、必死になって犯人を捜しているとしたら、もしも、奈子ちゃんがやっているんじゃないかと目を付けたら」

よくわかる。

「傍にいる僕も、狙われる可能性がある」

誰にでもわかる理屈だ。

「やっかいね」

叔父さんが煙草を揉み消した。

「どうしてこんなに悩んでいるかって言うとね」

「うん」

「全然見えてこないのよ。構図がどうなっているのか。それが見えてこないと動きようもないのよ」

「構図」

叔父さんは、ティッシュを取ってホワイトボードを消して、またマーカーを持った。

「〈カウガール〉と謎の車椅子の老人」

○を二つ描いた。

「半グレたち」

●をいくつか描いた。
「そして、警察関係の男たち」
△を描いた。
「これらがどこでどう結びついて、動き出したのかがわからないの」

そう言って、☆を描いた。

「これは英志ちゃん。この英志ちゃんに、警察関係の男たちが張り付いたのは明らかにあの写真のせいで、つまり車椅子の老人が何かしら同じような警察関係の人間だからだとは思うのだけど、じゃあ、何で素人で何の関係もない英志ちゃんを観察するような真似をしたのかがわからないの。そうでしょ？」

「疑問があったら、もしあの老人が警察関係ならばその人に訊けばいいだけだよね」

「そうなの。写真を撮ったっていうだけの英志ちゃんをわざわざ監視、もしくは観察する理由なんてないのよ。仕事が忙しいのにね」

「じゃあ、僕を監視することは、彼らにとっては大いに意味があったってことだよね」

パチン！　と繁叔父さんが指を鳴らす。

「そうなのよ。つまり」
△と○の間に線を引いて、そこに×印を付けた。

「ここに、断絶があると思われるのよね。でもその断絶が何かは、あるいはその理由が何かはわからない」

叔父さんが言ってることは、理解できる。

「どこでどうなってるにしても、確かめようと思って動くことが今現在の僕たちにはできないってことなんだね。できたとしても、事態の悪化を招いてしまうかもしれない」

「そういうことね。だから」

うん、って大きく頷いてから叔父さんは僕の肩を叩いた。

「これはどうしようもないわね。今さら奈子ちゃんには近づくんじゃないとは言えないわ。恋しているんでしょ？」

「はっきりそう言うのはちょっと恥ずかしいけど」

僕の恋愛観をここで説明するのもちょっとなんだ。

「いいわ。そうしましょう。お祖父ちゃんの岡島さんに頼まれたことでもあるんだし、英志ちゃんは、今まで通り奈子ちゃんと親しくなれるように努力しなさい。普通の男の子としての努力をね」

「そうだね」

そもそも僕には何の力も能力もないんだから、それしかできない。

「何よりも、一刻も早く彼女が〈カウガール〉かどうかの確証を掴むのよ。それさえ判断できれば、後の筋道を立てやすくなるわ。私は、警察関係の方で何とか事情を探れないか確かめてみるから」

「それって、フクさんでしょ」

訊いたら、顔を顰めた。

「まぁそう思うわよね」

頷いた。常連さんで僕を知っていて謎の人物って、公務員だっていうフクさんだけだ。

「絶対に内緒よ？」

「わかってる。誰にも言わない」

「フクちゃんが警察関係ってことは本当に誰にも内緒なの。っていうことは、そうしなきゃならないような仕事をやってるってことなのよ。それを言いふらしたりしたら本当にヤバいことになるんだからね。心してね」

頷いた。警察に詳しいわけじゃないけど、そういうような小説は読んだことがある。小説だからフィクションだろうけど、実際にそういう秘密の部署が警察にあったって不思議でも何でもないんだ。

「それと、いつ何時アブナイ連中が英志ちゃんに眼を付けるかわからないから、今度は奈子ちゃんと会うときには必ずメールを頂戴ね。私の方で護衛を付けるから」

「護衛?」

大丈夫よ、って叔父さんが続けた。

「誰にもわからないように、こっそりとね」

「そんなことができる人がいるの? っていうか、そんなことまでして叔父さんいろいろ大丈夫なの? 叔父さんこそアブナイ連中に狙われたり」

ペン! っておでこを叩かれた。

「余計な心配するんじゃないわよ。この木下繁、まだまだ若造に後れを取るほど枯れちゃあいないわよ」

☆

奈子さんにメールしたんだ。

今度は岡島さんの家じゃなくて、どこかで食事でもしませんかって。そして素直にデートのお誘いですってことも付け加えた。

これが本当にただ奈子さんと親しくなりたいだけならもう二、三回は岡島さんのところに遊びに行って、そこで親交を深めるところだけどそうも言ってられない。

慌てちゃいけないけど、のんびりもしていられない。奈子さんが本当に〈カウガール〉なら僕に火の粉が降り掛かってくる事態にもなりかねないし、何よりも奈子さんがいつ何時返り討ちに遭うかもしれないんだ。そんなことには絶対になってほしくない。

メールを送った瞬間にはかなり心臓がバクバクいってたけど、なんか中学生みたいで恥ずかしかったんだけど、奈子さんからはすぐに返事が返ってきた。いいですよって。

それだったら行ってみたいところがあるって、奈子さんからリクエストがあったんだ。池袋にあるカレー屋さんで美味しいって評判のところがあるらしい。六時に池袋の駅のメトロポリタン口の付近で待ち合わせて、そこから歩いてちょっと。

「実は、カレー大好きで」

歩きながら奈子さんが言った。

「大好きっていうのは、かなりですか？」

「かなり」

大きく頷いた。奈子さんの服装はいつもシンプルだ。今日も白いブラウスに細身のジーンズに白いスニーカー。肩にかけたベージュの布製のトートバッグ。そして、均整のとれた身体(からだ)つきだからそういうのがとてもよく似合う。

「一人暮らししていたら、一日三食カレーでもいいぐらいに」

「相当ですね」

少し笑った。もちろん僕もカレーは好きな食べ物だけど、さすがに一日三食は無理だ。

「じゃあ、こうやって評判のカレー屋さんを食べ歩いたりするんですか」

「実は、そんなにはしてない、かな？　それほど一人で出歩く方でもないから」

だから、って僕の方を見て、奈子さんは続けた。

「今日は嬉しかった。誘ってもらえて」

僕も良かった、って素直に思って頷いた。喜んでもらえるのは単純に嬉しい。

お店は地下にあってそれほど大きな店じゃなかった。むしろ小さいぐらい。そしてやっぱり評判らしくて、満席だった。いろいろ変わった肉を使ったカレーもあって、かなり美味しかったんだけど、そんなにゆっくり話しながら食べるっていう雰囲気でもなかったんだ。

なので、ただ二人で美味しい美味しいって言いながら食べて、途中でお互いのものを交換したりして。

食べ終わって、待っている人もいたのでさっさと出てきた。どこかでゆっくり話をしたいなって思って見回したら、いい感じの、昔ながらの喫茶店って感じの店があったのでそこに入った。繁叔父さんの店が僕の中では標準なので、古い感じの店の方が落ち着く。

もちろん、叔父さんにメールはしてある。護衛を付けるって言っていたから奈子さんに気づかれない程度に周りに気をつけてはいたんだけど、まったくわからない。今も、この喫茶店に誰かが後から入ってくるかなって思ったけど、入ってこない。まぁ叔父さんのことだから、嘘をつくはずがないのでどこかにそういう人はいるんだと思う。

「お祖父ちゃんに、何か言われた？」

少し恥ずかしそうな笑み（え）を見せて、奈子さんは言って、運ばれてきたコーヒーを一口飲んだ。

「何かって？」

予想はついたけど、とぼけてみせた。奈子さんはちょっと首を捻った。

「カレシがいないとか何とか、教えたんでしょ」

「えーと」

苦笑い（にがわら）して、頷いた。それは確かにそうだから。

「そうですね。そんな話はしてました」

「やっぱりね」

「そんな話をいつもするんですか？」

こくん、って奈子さんは頷く。

「老い先短いんだから、せめてカレシの一人ぐらい、紹介してくれって。そうしたら安心して死ねるからって」

「安心しますかね？」

奈子さんが笑った。

「そう思うわよね？　お祖父ちゃんに紹介したらとことんやられちゃいそうで」

普通はそういうのはお父さんの役割なんだけど。

「奈子さん、お父さんとはそういう会話はするんですか？」

普通の質問だと思う。奈子さんは、少し顎を動かした。

「実は、父は五年前に亡くなってるの」

そうだったのか。

「すみません」

「全然大丈夫。まだこういう話はしてなかったものね」

「そうですね」

きっと僕が先に母さんが死んだ話をしたから、何となく話しづらかったんだろう。そういうのは今までもあった。

「ご病気ですか」

「ガンだったの。三ヶ月ぐらい、入院してたかな。だから、今は四人暮らし」

「四人？」

僕が少し眼を大きくさせたのに、奈子さんはちょっとだけ悪戯(いたずら)っぽい笑みを見せた。

「祖父と祖母もいるの。だから、母と合わせて四人」

「あ、なるほど」

そういう家族構成か。

そうか。

「だから余計に、岡島さんのことが心配なんですね」

うん、って笑みを見せて奈子さんが頷いた。

「前も言ったけど、お祖母ちゃんが死んじゃって一人になっちゃったから」

お父さんの方の祖父母は一緒に住んでいるから心配ないけど、って話だ。そういうことか。前に一人暮らししていたっていうのもその辺の事情かとも思ったけれど。

でも、やっぱりそれも変だ。どう考えても奈子さんが一人暮らしして、あそこのコンビニでバイトしていた事情が想像できない。

たぶん、勘だ。

そこを訊いてはいけないっていう勘。そして、そこに何かあるんじゃないかって。

奈子さんが〈カウガール〉をしているとしたら、その理由。

奈子さんが、コーヒーを飲む。

「キノくんは、カノジョはいないんだ」

素直に頷いた。

「いたら、こうやって誘いません」

だよね、って少し笑みを見せる。

「キノくん、真面目そうだもんね」

「自分としてはそんなつもりはないんですけど」

「真面目だよ」

「そうですか？」

「まだ私に敬語使ってるでしょう」

それは。

「奈子さんは年上だから当然って思っているんですけど、少しはくだけた感じの方がいいですか？」

奈子さんが、うーん、って唸りながら微笑んだ。

「ちょっとは、その方がいいかな？　こうやってデートするんだったら」

「わかりました。じゃあ、少しラフにする」

「そうして」

「そうする」

二人で笑った。

「じゃあ、ラフに話すついでに、訊いちゃうけど」

「いいよ。何でも訊いて」

思いついたことがあるんだ。

「言えないことだったらいいんだけど、岡島さんの奥さん、奈子さんのお祖母さんのこと」

奈子さんの唇が一瞬、引き締まった。

「いや、別に無理に訊きたいわけじゃなくて」

奈子さんは、小さく頷いた。

「何となく、私の態度が気になったのね」

そうなんだ。前にそんなふうに感じた。お祖母さん、岡島さんの奥さんの死因には触れないでほしいみたいな感じ。

だから、素直に頷いた。

「訊いちゃいけないことなんだろうなって思ったんだけど」

うん、って奈子さんは頷いた。それから、小さく息を吐いた。

「なるべくなら、他人には隠しておきたいって思っていたの。でも、お祖父ちゃんはキノくんのことを気に入ってるし、これからも遊びに来てほしいから、言わなきゃなとは考えていたんだ」

何かがあったんだ。岡島さんの奥さんに。奈子さんのお祖母さんに。

「お祖母ちゃんはね」

そこで言葉を切って、少しだけ周りを気にするような素振りを見せた。窓際の席に座っている僕たちの周りに、他のお客さんはいない。

「自殺しちゃったの」

自殺。

思わず繰り返して言いそうになるのを堪(こら)えた。

「二年前に？」

訊いたら、奈子さんは頷いた。それで、言い難(にく)かったのか。

「原因とかは、訊いてもいいのかな」

僕を見ている奈子さんの瞳(ひとみ)に、何かが浮かんできたような気がしたんだ。今までとは違う光のようなもの。

「それはね」

溜息をついた。

「いや、辛いんだったらいいんだよ無理して言わなくても」

「大丈夫」

奈子さんが、少し顔を動かして外に眼を向けた。ネオンが見える。池袋の夜の街並み。

「詐欺に引っ掛かったの」

「詐欺」

頷いて、奈子さんが、僕を見た。

「オレオレ詐欺みたいな感じのもの。それに引っ掛かって、今まで頑張って貯金していたものを全部取られちゃったんだ。それで」

悲しそうに、顔を歪める。息を小さく吐く。

「わかった」

それ以上話をさせるのが可哀想になって、そう言った。そうだったのか。

オレオレ詐欺のようなもの、と、奈子さんは言った。実際にはそうじゃないんだろう。岡島さんには娘さん、つまり奈子さんのお母さんしか子供はいないはずだから。

だから、世間で言われているその手の詐欺に引っ掛かったってことだ。

そして。

そういう詐欺をやっているのは、暴力団や、半グレって呼ばれている人たちのはずだ。

繋がったのか。

7

まるでファインダーを覗いているような感じがして、そこで僕は踏み止まったんだ。この先を撮ってはいけない。ここから一歩踏み込んでシャッターを押そうとすると、崖になっていてそこから落ちて僕は死んでしまう。

そんな感覚。

だから、その先を訊くことを止めた。その詐欺はどんなものだったのか。どういう状況で騙されたのか。どうしてお祖母さんは騙されてしまったのか。

そういうことをきっと奈子さんは全部知っているはずだ。それを訊けば、もっと奈子さんの内面へと入っていける。奈子さんが、本当に〈カウガール〉であるかどうかもはっきりするはず。

そう感じたのに、そこから先へ進まなかった。進まない方がいいって、思ってしまったんだ。

「岡島さんも、辛かっただろうね」

だから、そんな言葉で会話を繋いでしまった。奈子さんは、こくん、って頷いた。それから、小さく息を吐いてから頷いて無理に微笑んでみせた。

「でも、もう大丈夫。あの通りお祖父ちゃんは元気になったから」

確かに元気だ。初めて会ったときからずっと岡島さんは年を感じさせないほど元気で、奥さんは亡くなっていることは聞いていたけど、そんな事件があったことをまるで感じさせなかった。わざと感じさせないようにしていたのかもしれないけど。

「ね、キノくんのことを聞かせて」

奈子さんが、笑って言った。

だから、それからは本当に初めてのデートで話すようなこと。子供の頃はどんな子供だったかとか、何が得意で何が苦手だったとか、そんな話。カメラを初めて手にしたときに何を撮ったとか。奈子さんがスポーツ大好き少女になったのはどうしてなのかとか。

そんなような、もし誰かが傍で聞いていたらどうでもいいような、後で考えたらちょっと恥ずかしくなるような話ばかりずっとしていたんだ。奈子さんが将来的には何か身体を動かすような仕事、それこそ今はアルバイトとしてやってるスポーツインストラクターをやっていきたいって話とか。

気づいたら二時間もずっとそこで話していた。

時間を忘れていたし、そして、楽しかった。きっと奈子さんもそうだったと思う。

駅の入口で別れるときに、またデートに誘っていいかなって訊いたら、奈子さんは、いつでも、って少し恥ずかしそうに微笑んで頷いてくれた。ということは、奈子さんは僕に好意を持ってくれてるってことだ。

付き合ってもいいって、思ってくれてるってことだ。

それはとても、いや、かなりスゴイことじゃないか。奈子さんみたいな誰が見てもスタイルが良くて可愛いしかも年上の女性にそんなふうに思われるなんて、ひょっとしたらこの先の人生ではもうないんじゃないだろうか。

(どこが良かったんだろう?)

自分で言うのもなんだけど僕は冴えない若者だ。身長こそそこそこ高くて奈子さんの隣に立ってもバランスがいいだろうけどそれ以外はまったく普通だ。むしろ、奈子さんみたいな可愛い人に好きになってもらえて嬉しい! なんて素直に舞い上がった方がいい奴じゃないかって思うけど、こんなふうに冷静に分析してしまうようなつまらない男だ。

恋ってものを考えるのが苦手な男。

いやそもそも僕は普通に女性と付き合うことができるんだろうか？　この先もしも奈子さんと関係が進展したとしても、たとえば奈子さんを抱きたいと思う前にヌードを撮りたいとか思ってしまうような変態チックなカメラオタクかもしれないんだ。

でもそれは、なるようになるしかない。

少なくとも僕は奈子さんと〈お付き合い〉をするところまで行って、岡島さんが言っていた奈子さんの秘密のようなものを、それはたぶん彼女が〈カウガール〉ってことだとは思うんだけど、はっきりさせなきゃならない。いや、そんな打算的なものを抱えて恋なんてものはできないのか。

わからないけど。

とにかく。

奈子さんのお祖母ちゃんは、詐欺に引っ掛かって、それをはかなんで自殺した。

もしも、その詐欺が半グレって呼ばれる集団の仕業だとしたら、奈子さんがそいつらに復讐したいって考えても当然だ。

動機が、あったってことだ。

〈カウガール〉には。

奈子さんには、半グレたちを半死半生にさせる立派な動機があったんだ。

☆

「そういうのを立派というのかどうかは別にして」

繁叔父さんが言いながら頷いた。

「確かに、動機になるわね」

「だよね」

まっすぐ叔父さんの店に来て、今日の奈子さんとのデートのことを話したんだ。

「本当よね。どんな詐欺で犯人は捕まっていないのかとか後で確かめる必要はあるにせよ間違いなく、それが動機よ。でもね、その前にね、英志ちゃん」

「なに」

叔父さんが、カウンターの向こうでちょっと顎を引きながら僕の顔をマジマジと見た。

「わかってるけど一応確認するわよ。デートしてきて、そのまま駅でバイバイまたね、ってここに来たってのね」

「そうだけど」

「真面目か！」

びっくりした。

「いきなりなに」

「どんだけ奥手なのよ英志ちゃん。普通はもっともっとスピーディに関係が進むものよ若者なら。奈子ちゃんは間違いなく英志ちゃんとカレシカノジョの関係になってもいいって言ったんでしょうに」

いや、そこまでハッキリとはさせなかったけれど。

「敬語なんか使わないで、って奈子ちゃんは微笑んで言ったんでしょう？」

「言いました」

「それはもうぉ！」

繁叔父さんが身体をくねくねさせながら大きな声を出して、カウンターをバン！って叩いた。

「恋をしましょうってことじゃあないのよ！　はっきりと奈子ちゃんはオッケーサインを出してるんじゃないのよ。どうしてそこでもっと押さないのよ。そのままお酒でも飲みに行こうかってならないのよ。晩ご飯だけしかもムードもへったくれもないカレーだけ食べて帰ってくるって何なのよ」

「いや、それは」

「それはもくそもないわよ。そういうところ英志ちゃんは兄貴にそっくりよね。あの人も本当に女に関しては奥手でどうしようもなかったわよ。知らないでしょうけどあの人奥さん以外に女を知らなかったんですからね」

そんな父親の過去をここで知らされても困るんだけど。

「でも、奈子さん年上だし、あんまりいきなりでも何かな、と思って」

そう言ったら、叔父さんは大きく息を吐いて、頷いた。

「まぁそうね。確かにね。たった二つとはいえ年上だし、ましてや本当に奈子ちゃんが〈カウガール〉だとしたら、その意志の強さはハンパないわよね」

「だよね」

「むしろ、奈子ちゃんにその辺はリードしてもらった方がいいかもしれないわね。そうね、英志ちゃん」

「うん」

「メールした？　『今日はありがとう』って」

「いや、まだ」

すぐにするにも何かなと思って後からしようと思っていたけど。

「すぐにしなさい。もう奈子ちゃんもまっすぐ帰っていれば自分の部屋で落ち着いている頃でしょうよ。そしてね、すぐに次のデートの約束しなさいよ。とりあえず美味しいカレー屋教えるから」

「もう？」

繁叔父さんが、そうよ、って力強く断言した。

「年下であることを充分に活用するのよ。甘えん坊のわがままみたいにして早く会いたいって気持ちを伝えるの。そうしておいて、奈子ちゃんにその気持ちをコントロールさせるのよ」

まさか叔父さんに恋の進め方の指南を受けるとは思ってもみなかったけど。

「甘えん坊とかわがままとか、あまり僕のキャラじゃないと思うんだけど」

「いいのよ！」

ドン！と、叔父さんはカウンターをまた叩いた。

「これはね、チャンスよ。奈子ちゃんが本当に〈カウガール〉だって確証はないけども、英志ちゃんは確信してるんでしょ？」

「してる」

確証はまったくない。だから違う可能性もあるんだけど、僕のあてにならない勘は、奈子さんが〈カウガール〉だって言ってる。

「だとしたら、これは英志ちゃんの恋のチャンスであると同時に、彼女の人生を救うことになるのよ。お祖父ちゃんの岡島さんの勘は当たっているの。奈子ちゃんが〈カウガール〉であることは、若い彼女の人生を、未来を壊しているのよきっと。それを英志ちゃんは止めなきゃいけないのよ。そうでしょ⁉」

繁叔父さんの眼が、真剣だった。口調がオネエ言葉だからどうしても緊張感には欠けてしまうけど。

「確かに、そうだね」

「そうよ」

叔父さんが、大きく息を吐いてから、煙草に火を点けて煙を吐き出した。

「好きでやってるはずがないでしょう」

少し悲しそうな表情を見せて、叔父さんが続けた。

「奈子ちゃんが、暴力が、人を壊すことが好きなサイコパスな女であるはずがないでしょう、きっと」

「そうだね」

それは、そう思う。奈子さんは、普通の女性だ。

「そんな女の子が、動機がお祖母ちゃんの復讐だったとしてもよ？　一歩間違えれば半グレの連中に捕まって輪姦されて海に捨てられるか山に埋められるかってことを、何度も何度もやってるのよ？　とんでもないことなのよ」

頷くしかなかった。そして、わかってはいたんだけどそこまで考えないようにしていたことに気づいた。

「その通りだね」

奈子さんは、とんでもなく危ない橋を渡っている。

「犯罪であることも、間違いないよね」

「そうよ。でも、法を犯すことなんて覚悟で何とかなるのよ。覚悟ひとつで人間はいくらでも法は飛び越えられるわ。覚悟を決めたらそんなもんで心なんか傷つかない。でもね、女としての心は違うのよ。どんなに覚悟したって越えられないものはあるの。それをきっと奈子ちゃんは若いから、あるいは復讐の気持ちで凝り固まっているからか、わかっていないと思うわ。そこを何とかしなきゃいけないのよ。わかる？」

「わかる、ような気がする」

「奈子ちゃんが蹴り出したあのキック。もしも今度キックした瞬間、相手の男に足を摑まれたら、その瞬間に彼女の人生は全部終わるわよ。脅しでも何でもなくて冗談抜きで本当に終わるのよ」

そう言って、僕の眼を見た。真っ直ぐに。

終わる。奈子さんの人生が。

思わず身体が震えた。考えてなかったけど、その通りだ。その瞬間に奈子さんは僕の前から、家族の前から消えてしまうかもしれないんだ。

いや、消えるんだ。

「奈子ちゃんの人生を終わらせたい？　覚悟してるんだろうからいいって思える？」

「思えない」

ゼッタイに。

「だったら、さっさとメールするの。次のデートの約束をして、そして次こそ本当にカレシとカノジョへの第一歩を踏み出すのよ」

了解、って頷いてスマホを取り出した。

「美味しいカレーの店ってどこ」

「ここよ」

「ここ？」

そうよ、って叔父さんが言う。

「叔父である木下繁がやってる〈喫茶あんぼれ〉は知る人ぞ知る〈カレーの美味しい店〉だからってメールしなさい」

「叔父さんが奈子さんに会うのが目的？」

「もちろんよ」

叔父さんが肩を竦めてみせた。

「この眼で見て、奈子ちゃんがどんな女の子なのかってことをしっかりと確認させてちょうだい」

「わかった」

僕は、繁叔父さんを全面的に信頼している。だから、そのままメールすることにした。

〈今日は楽しかった。

ありがとう。

今度は「喫茶あんぼれ」に行こう。

今日話したけど、僕の叔父さんの店。父さんの弟がやってる店。

実はここのカレーも絶品なんだ。

僕はいつでもいいから、奈子さんの都合を教えて〉

「見る？」

「見るわ」

叔父さんにディスプレイを見せたら、読んで納得したように頷いた。

「それでいいわ。今まで奈子ちゃんに何回ぐらいメールしたの」

「えーと、二、三回」

「すぐに返事が来た？」

考えた。

「そうだね。わりとすぐに返事が返ってきた」

「じゃあ、送って」

送った。

「しばらく待ちましょう」

そうするしかない。

「ところで叔父さん。護衛の人って、今日はいたの？」

訊いたら、もちろんって叔父さんは言う。

「逐一私に連絡が入っていたわよ。どこのお店に行ったかも全部知ってる。あの店のカレーは確かに美味しいわよ。絶品ね」

「行ったことあるんだ」

そんなに有名な店だったのか。

「護衛の人がどんな人かは訊かない方がいいんだよね？」

「訊いてもいいけど、教えないわよ。わかっちゃったら英志ちゃんがのんびりとデートなんかできないでしょ。付かず離れずまるで影のように近くで見守っているから安心しなさい。見守るというよりは、英志ちゃんに近づく人間を観察してるんだけどね」

どうやって見守っているんだか想像もつかない。けっこう気をつけて見ていたんだけど、全然わからなかった。

「それでね、英志ちゃん」

「うん」

「よく聞いてね。まず、奈子ちゃんのお祖母ちゃんが詐欺に引っ掛かってしまったのね。それで自殺をしてしまったのね」

「そう」

悲しい事実だけど。

「それが今日、奈子ちゃんに聞かされてわかった。察するに、騙されたその時点では岡島さんはそのことにまったく気づかなかったんでしょうね。気づいていたら、その詐欺グループは岡島さんに叩きのめされていたんじゃないの？　そんな感じでしょ、岡島さんってお祖父ちゃんは」

「そうだね」

簡単に詐欺グループが見つかるとは思えないけど。

「もしも、騙されたと同時に岡島さんも気づいたんなら、自殺なんかさせなかったと思うよ」

「でしょうね。でも、お祖母ちゃんは騙されて、たぶん老後のために貯えたお金を失ってしまった責任の重さに耐え切れなくて、自殺してしまった。だから、余程のことよね。岡島さんはおもしろくてそして立派な人なんでしょう？　自分の妻が詐欺に遭ったからといって、それを責めたりはしないでしょう？」

「そう思う」

もちろん、本当のところは確認しないとわからないけど。

「少なくとも僕が知ってる岡島さんはそんな人じゃない。それは奈子さんの口ぶりからしてもそうだと思う」

「だとしたら、お祖母ちゃんの自殺は本当に衝動的なものだったのかもね。岡島さんも気づかないうちに、あっという間に死んでしまった」

「そうかもしれないね」

「とりあえず、そこの疑問はあるわね。〈どうしてお祖母ちゃんは自殺を選んだのか？〉。夫である岡島さんとの間に信頼関係や愛情はなかったのか。何故勝手に死を選んでしまったのかっていう疑問よ」

確かにそうだ。

「それは大きな疑問だね」

「いずれ奈子ちゃんに訊いてみなきゃならないわよ。そして、これも推測だけど、きっと間違いなく犯人は捕まっていない」

「間違いないね」

奈子さんが〈カウガール〉になったんだとしたら、今も活動しているのなら、犯人はわかっていないはずだ。

「そこでも疑問がたくさん出てくるのよ」

叔父さんが煙草を吹かした。

「まず、何故、奈子ちゃんは〈カウガール〉になれたかってことだけれど、これはまぁ資質はあったってことでいいわね。彼女は空手をやっていたのよね？」

「そう聞いた」

「だとしたら、そこから格闘関係へのアプローチは個人でできるわけだから、誰かから〈人を壊す技〉を教えてもらうことは可能だったってことよね。私もちょっと齧っただけの素人だから断言はできないけれど、普通の空手じゃぁ、あぁはいかないから、絶対に空手家じゃない他の格闘家みたいな人から伝授されてるのよ。それが誰かって疑問。でもまぁこれは、大きな問題ではないけれど」

頷いた。確かにそうだ。

「問題はそこからよ。いい？」

　叔父さんが僕を見た。

「そうやって、〈人を壊す技〉を奈子ちゃんが既に持っていたとしてもよ、もしくは新たに獲得したとしてもよ？　普通は、警察に任せるわよね。〈絶対に犯人を逮捕してください〉って」

「そうだね」

「それが普通の人間の思考よ。確かにお祖母ちゃんは自殺だから、そこはどうしようもないわ、殺人事件じゃないんだから。その自殺の原因を作った詐欺師たちを、おそらくは半グレたちを逮捕してくれって願うわけ」

「でも、難しいよねきっと」

「そうね。奴らの手口は巧妙だから、なかなか捕まらないわよね。現実問題として捕まっていない。でもそこで、〈奴らを闇で始末しよう〉なんて発想を若い女性がするかしら？　どう思う？」

「普通は、考えないよね」

「考えないわよ。闇で始末するなんてよっぽどの恨みよ」

　まるでテレビでやっていた必殺シリーズみたいだ。

「奈子ちゃんはお祖母ちゃんが大好きだったのかもしれない。自殺に追い込んだ半グレたちを殺したいほど憎んだのかもしれない。それは、まぁ人間の感情としては普通っていうか、理解できる範囲のことよ。納得できるわ。でも、そこから〈自分で始末する〉ってところに行き着くには相当の飛躍が、ジャンプが必要なのよ。そう思わない？」

確かに。

「言われてみれば、そう思うね」

僕には経験はないけれど、憎い相手を自分の手で何とかしようと決めるのは、相当のことだ。

「〈人を壊す技〉を覚えたのがその決意をする前か後かでも違いがあるとは思うけれども、ね、でも、奈子ちゃんはそう決めた」

「じゃあ、そこに〈何か〉があったはずだって叔父さんは考えてると」

ゆっくり頷いた。

「間違いなく、〈何か〉があったのよ。そうじゃなきゃ奈子ちゃんが〈カウガール〉になることなんか、普通は考えられないもの」

〈カウガール〉になることを、お祖母ちゃんを自殺に追い込んだ連中を壊すことを、奈子さんに決意させた何か。

「もっとひどいことがあったってことかな？」

想像したくはないけれども。そう言ったら、叔父さんは渋い顔をして頷いた。

「あったのかもしれないわね。まだメールは返ってこない？」

スマホを見た。

「来てない」

「遅いわね。お風呂でも入っているのかしら」

「どうかな」

「その、何か、だけどね」

「うん」

繁叔父さんが、煙草をゆっくりと吸って、僕を見た。

「さらに大きな疑問っていうのが、その辺に繋がるのよ」

「どんな疑問」

「事件が起きている、って前に言ったわよね。半グレたちが叩きのめされているっていう事件が、英志ちゃんが見たのを入れたら四件目だって。その四件で合計十五人の男がやられているって」

言ってた。

「もしもよ？　その四件の事件を全部〈カウガール〉が、奈子ちゃんがやったのだと仮定するわね。奈子ちゃんは、どうやってその半グレたちを見つけているのかしら？」

思わず、あっ、て言ってしまった。そうだ。その通りだ。

「今のところ目撃者はゼロなのよ。誰も、その四件の事件を見ていないの」

「誰もってことは、ひょっとしたら」

　そうよって叔父さんが言う。

「今のところ、唯一の目撃者が英志ちゃんよ。これってものすごいことよ？　半グレたちを見つけて、どこかに呼び出して、あれだけの大立ち回りをして人知れず始末しているのよ。奈子ちゃん、どんな手段を使ってそんなことをやっているの？　私にだって無理よそんなことできないわ。私どころか、警察だって手こずっているのよ、奴らを特定してしょっぴくことを。それなのに」

「奈子さんは、奴らを確実に見つけているんだ」

　そうよ、って叔父さんは続けた。

「夜の街を歩き回ったって簡単に見つけられるはずがないでしょ？　そもそも見つけたとしても、その連中が詐欺をやっていた連中かどうかの確証もない。その四件の事件でやられた連中は、間違いなく詐欺とかあくどいことをやっていたチンピラだってのはわかっているのよ。ものすごい情報収集能力を奈子ちゃんは持っているのよ」

　どう？　って繁叔父さんが身を乗り出して僕を見た。

「奈子ちゃん一人でそんなことができると思う？」

無理だ。絶対に。

「そうか」

慌ててMacBook Airを取り出して、電源を立ち上げて、あの写真を開いた。車椅子の老人と奈子さんらしき女性が写っている写真。

「この老人が」

パン！ って叔父さんが手を叩いた。

「その通り。事件の黒幕はそいつじゃないかってことよ。そいつが、奈子ちゃんを〈カウガール〉に仕立て上げたんじゃないかって」

仕立て上げた。

「何者なの？ フクさんにもわからないんだよね？」

叔父さんが顰め面を見せた。

「いくらフクちゃんが警察関係の人間だからって、何もかもを把握しているわけじゃないわよ。それに、前に言ったでしょ？ 簡単には動けない事案かもしれないんだって」

「そうだね」

でも、ってことは。

「この老人は相当にヤバい人物ってことになるんだよね。そんな男と奈子さんが関係があるってことなんだ」

「まぁ私に言わせれば、そもそも奈子ちゃんのお祖父ちゃん、岡島さんも相当にヤバい人物だけどねぇ」

「そうなの？」

そうよぉ、って大げさに叔父さんは頷いた。

「英志ちゃんみたいな若い人はわかんないでしょ。ピンと来ないんでしょ。傭兵よ？　フランス外人部隊に入ってアルジェリア戦争に行った人よ。そんな日本人、私もけっこうなヤバい橋をたくさん渡ってきたけど会ったこともないわよ」

「そうなんだ」

「そうよ。あなた方はゲームとかそんなもんでね、そういう単語とかに馴れっこでしょうけど、とんでもないお方と英志ちゃんは友達になってるのよ。むしろ私はじっくりお話ししたいわ岡島さんと。だからね、英志ちゃん」

「うん」

「これは、とんでもない話だけど、私は現段階では岡島さんも疑っているわよ。奈子ちゃんのいろんな疑問を解決してくれる一人として」

それは、つまり。

「たとえば、奈子ちゃんの〈人を壊す技〉は岡島さんが伝授したとかって話？」

「そうよ。充分考えられるわ。そういうふうに教えなかったとしても、奈子ちゃんに天賦の才があったとしたら自分でそういうふうに技を昇華させたことも考えられるわね」

そうか、そういうふうにも考えられるのか。

「まだメールは来ないわね」

スマホを見た。

「来てない」

叔父さんが、顔を顰めた。

「けっこう時間が経ってるわよね。今までこんなに遅いことはあった？」

「なかった」

わりとすぐに返ってきた。

「まさか」

「考えられないことじゃないわよね。奈子ちゃんがどうやって半グレたちを特定して誘い出しているのかまったくわからないけど、デートの晩にちょうど上手いことタイミングが合って、彼女が〈カウガール〉としてどこかに現れても不思議じゃないでしょ」

奈子さんが。

「どうにもできないのかな」

繁叔父さんが溜息をついた。

「今までの事件を一応調べておいたのよ。そうしたらね、どれも現場は〈公園〉なのよ。夜の人気がなくなった公園ね」

「公園」

どうして公園なんだろう。

「都会の中の公園っていうのは、逃げやすいのよ」

「逃げやすい」

「周りは住宅街や街中よ。そこを飛び出せばすぐに姿を隠すことができる。同時に騒ぎが起これぱすぐに人がやってくる。さらに、救急車を呼べばすぐに来てくれる。一応〈カウガール〉は両面の最悪の事態を想定して動いていることは確かね」

「もしもこれがド田舎だったら、自分も危ないし、相手の命も奪いかねないからってことだ」

「そういうことよ。つくづく感心するわ。本当に彼女一人でやっているんだとしたら、奈子ちゃんはいつでもどこかのスパイになれるわ」

叔父さんが、ゆっくり立ち上がった。

「一応、私ができる範囲で、仲間たちに都内の公園で〈カウガール〉が動けそうなところを見てきてもらうけど、期待しないでね。動かせるのはせいぜい十人かそこらだから」

8

繁叔父さんが店の電話の受話器を取ったときだ。

「叔父さん待って」

メールが入った。

「奈子さんから来た」

二人でディスプレイを覗き込んだ。

〈こちらこそ、ありがとう！　私もとても楽しかった。喫茶あんぼれね？　噂のステキな叔父さんにもぜひお会いしたいです。私も、いつでもいいです。それこそ、明日でも明後日でも〉

　絵文字も何もない、シンプルな言葉だけのメール。

「ステキな叔父さん？」

叔父さんがにんまり笑った。

「いや、そんなふうには言わなかったんだけど、奈子さんはそう理解したみたいで」

「ちゃんとゲイだって言ったんでしょうね？」

「言ったよ」

「気が合いそうでますます会いたくなってきたわ。すぐに返事しなさい。ちょっと電話していいですかって。確かめるのよ部屋にいるかどうか」

「わかった」

〈じゃあ、日にちを決めるのに、メールじゃめんどくさいのでちょっと電話していいですか〉

送る。

今度はすぐに返事が来た。やっぱりお風呂に入っていたとか、何かをしていたのかもしれない。

〈いいですよ〉

「電話して」

叔父さんが言う。

「いつにする？　明日？　明後日？」

「鉄は熱いうちに打て、よ。明日にしなさい。カレー大好きなら二日続けてカレーでも大丈夫でしょう」

たぶんね。

電話のコール音。一回で奈子さんは出てくれた。

「あ、英志です」

(はい、私です)

くすっ、と笑った。

「今、部屋ですか？　電話大丈夫かな？」

大丈夫ってメールで確かめたのに一応また確かめる。この辺は慎重になったわけじゃなくて、単に僕の性格だ。

(大丈夫。部屋にいるから)

叔父さんに向かって頷いた。叔父さんも頷きながら、まだ持ったままだった受話器を置いた。

明日はどうでしょう？　って言おうとして、ふっとその言葉が浮かんできた。

「明日も会いたいんだけど、どうかな」

叔父さんは、その台詞を聞いて僕に向かって親指を立てて見せた。グッジョブだったらしい。

(うん、いいよ)

また奈子さんは軽く笑って、そう言った。

「何時がいいかな」

（私は五時過ぎには身体が空くかな）

「じゃあ」

渋谷駅南口での待ち合わせは、いくら東京で生まれ育った僕たちでもイヤになるぐらい人が多いけどしょうがない。そこからがいちばん近いから。

「渋谷駅南口から歩くのがいちばんお店は近いんだ。だから、モヤイ像前で待ち合わせでいいかな」

（わかった。渋谷なら、いったん家に帰れるから、六時半ぐらいにしてもらえるといちばんいいかな）

代々木のスポーツクラブでバイトしていて、家も代々木にある奈子さん。待ち合わせが渋谷ならスポーツクラブからそのまま駆けつけるよりも家に戻って着替えとかしたいってことなんだろうと理解した。

「じゃあ、モヤイ像前に六時半ぐらいで」

（うん）

奈子さんの声に、今までよりもずっと親しみが込められているのがわかる。それぐらいは僕にだってわかった。

電話を切って今の会話を教えてあげると、叔父さんがポンポンと肩を叩いた。

「いいじゃない。英志ちゃん思ってたより女あしらいが上手いわ」

「あしらいって」

「モテる要素を持ってるってことよ。言葉遣いとかね」

笑いながら、うん、って大きく頷く。でも、そのすぐ後に真面目な顔になって、煙草を吸って煙を吐き出した。

「英志ちゃん」

「なに」

「奈子ちゃんと付き合うことは普通の恋にはならないことは明白よね」

普通の恋。

恋にどんな種類があるのか全然わからないし、そもそも恋に定義なんかないんじゃないかとは思うけど。

「そうだね」

「それを受け止める覚悟はしておきなさいよ。そうじゃなきゃ、尻尾巻いて逃げる準備をしておきなさい」

「え、逃げていいの？」

「逃げる気はあるの？」

「いや、今のところはないけど」

「でしょうね」

でもね、って叔父さんは言う。

「別に仕事をしてるわけじゃないのよ。英志ちゃんは単に奈子ちゃんと恋を始めようとしているだけよ。それはもう男だろうと女だろうとどっちかに責任があるなんてもんじゃないわ。フィフティ・フィフティよ。恋ってそういうものよ。続けるも逃げるも自分次第」

「逃げたら追いかけたり、追いかけられたりするよね」

「するわね。一方的な勝手な思い込みだったらそれはストーカー案件になって警察沙汰(ざた)になっちゃったりするけど、もう英志ちゃんと奈子ちゃんはそれぞれお互いに好意を持って歩み寄ってるのよ。その後にいろいろあって、立ち止まるも背を向けるもそれぞれの決断。そうなったときには、話し合いできちんとケリをつけるもの」

だからね、って叔父さんが続ける。

「アイドルとかに夢中になるのは、恋じゃないのよ」

「それはなに」

「愛よ」

「ごめん叔父さん。全然よくわからない」

素直にそう言った。

「わかんなくていいの。まだ若いんだからね。理想を言うならね。恋人同士っていうのは、一生恋をし続けているのがいちばん良いの」

「夫婦になってもってこと？」

「そう。夫婦になって子供ができて孫ができても、ずっとずっとお互いに恋をしている状態でいるのが、理想なのよ」

「そういう場合は、結婚とかしちゃったら恋が愛に変わっていくとかよく言うけど」

「そこが男と女の厄介なところよ。まぁまだわかんなくていいわよ。とにかく恋は始めるときにも終わるときにも、お互いに話し合ってケリをつけるのが理想よ。男なら自分の言葉をちゃんと用意しておきなさいってこと」

確かによくわからないけど、まぁ理解はできる。人間同士、何事も話し合わなきゃならないってことだろう。

よし、って叔父さんが力を込めて立ち上がった。

「そうと決まれば気合い入れて明日のためにカレーを仕込むわ」

「今から？」

「カレーは二日目が一番美味しいって言うでしょ。そうじゃないカレーもあるけれど、私の作るのは一晩寝かせた方がいいのよ」

「じゃあ、手伝う」

僕も立ち上がったときだ。お店のドアが開いた。入ってきたのは、フクさん。

「あら、いらっしゃい」

フクさんは軽く頷いて、ドアの方を振り返った。

「行灯消えてたが、いいだろ？」

「いいわよ。もう点けようと思っていたところ」

「いや」

フクさんは、思いっきり顔を顰めた。

「そのまま消しておいて、鍵も閉めてくれるとありがたいんだがな」

叔父さんの顔を見たら、叔父さんも思いっきり顔を顰めて頷いた。

フクさんは、普通のサラリーマンに見える。店で見かけるときにはいつも落ち着いた色合いのスーツを着ていて、髪の毛も七三っぽく分けて、茶色い革のショルダーバッグを持ち歩いている。背はそんなに高くはないんだけど、ラグビーをやっていたって聞いてるけど、そんな感じでがっしりした身体つきだ。そして、顔もエラが張ってなんとなくがっしりしてる。

警察関係の人、っていうのはついこの間僕は知った。叔父さんがあの写真を見せて、確認してもらったのもフクさんなんだ。

「フクちゃん、飲む?」

「まだ仕事があるんで、一杯だけな」

何を飲むのかと思ったら、叔父さんはグラスに氷とウイスキーを入れて、軽く回してカウンターに座ったフクさんの前に置いた。何か真面目な話をするんだと思っていたんだけど、飲むんだ。

きっと僕はそんな顔をしていたんだろう。フクさんがグラスを持って軽く含むようにして一口飲んだ後に、僕を見て微笑(ほほえ)んだ。

「仕事中に飲むのか、って思っただろ」

「あ、ちょっとだけ」

今度はニヤリと笑った。

「アルコールの匂いをさせることも仕事のひとつになることがあるんだよ。シゲちゃん」

「なぁに」

フクさんが、小さく息を吐いた。

「たぶん、俺が警察関係だってことは、英志ちゃんにも知れたんだろ？」

「この間ね」

「誰にも言いません」

そう言ったら、頷いた。

「頼むな。本当に誰にも言わないでくれよ。まぁ言ったからって逮捕されるなんてことはないが、俺の立場的には非常にまずいんでな」

「わかりました」

信用してるからさ、ってフクさんが言う。そこは信用してもらっていいと思う。拷問でもされたら別だけど、普段の生活でそんなことを口走るような男じゃないつもり。

「それで、だ。英志ちゃんもいるならちょうどいいんだが、シゲちゃん」

フクさんがカウンターの中に立つ叔父さんを見て、それからひとつ空けて隣に座っていた僕を見た。

「あの写真の件だが、その後何か進んだのか」

叔父さんは僕を見た。

「もちろん、話していいわよね。デートしたこと」

「デート？」

奈子さんと初めてデートしたことを、叔父さんが話した。フクさんはグラスを持ったままじっと話を聞いて、ときどき僕の顔を見ていた。

「了解した。明日か」

フクさんが何かを考えるように少し下を向いた。

「その時間に、俺もここにいいかな英志ちゃん。別に話しかけたりはしないから」

「あ、もちろん構いませんけど」

うん、って頷いた。繁叔父さんが、少し心配そうな表情を見せてからフクさんに言った。

「話せないから何も話さない、ってのはわかってるけどね、フクちゃん。どうなの？叔父としては可愛い甥っ子の恋を応援したいから、あれこれ関わろうとしてるんだけど、彼女と一緒に写っていた男の人のことはどうなのかしら」

「うん」

フクさんが一口ウイスキーを飲んで、グラスを置いた。煙草をスーツの内ポケットから取り出して、火を点けた。灰皿を自分の方に引き寄せた。

煙を吐き出す。僕も叔父さんもフクさんが口を開くまで待ったから、しばらくの間沈黙が続いた。

「黙ってるってことは、ひょっとしたら、今夜来たのはその件？」

「うん」

小さくそう言って、また煙草を吹かした。

「来たのはいいけど、まだ言おうかどうか迷ってるんだ。英志ちゃんがいたから、ちょうどいいかと思って鍵を閉めてもらったんだけどね。もちろん、ここに盗聴器がないのもわかってるけど」

盗聴器。

思わず背筋を伸ばしてしまった。叔父さんが僕を見て、微笑んだ。

「安心しなさい。ここにはそんなものはないから。定期的にチェックしてるからね」

「してるの？」

定期的に？

繁叔父さんが、そうよ、って事もなげに言った。

「ここはね、そういうところなの」

「そういうところ？」

教えられない、って叔父さんが続けた。

「そういうところって、どういうところかはたとえ英志ちゃんにだろうと言えない。でも、そういうところ」

そうねぇ、って言いながら叔父さんは頰に軽く手を当てて、小首を傾げるような仕草をした。

「英志ちゃんも映画好きだからわかるわよね。クリーンな場所」

「クリーンな場所」

それは、単に〈きれいな場所〉って意味じゃないと思う。サスペンス映画や犯罪映画にたまに出てくる、文字通り盗聴器も隠しカメラもない、どんな話をしても誰に聞かれる心配もない部屋って意味合いだと思う。

「ここが、どうしてそんな場所かって説明はしないけど、常にそういう場所であろうとしてるわけよ。いろいろあってね」

いろいろあるんだ。

それはきっと、たとえばフクさんみたいな誰にもその正体を明かせないような警察関係の人があれこれ内密な話をするときのために。でもそれなら正義のためなんだから隠す必要もなくて、ひょっとしたら、あるいは、その逆の使い方もあって、悪い人たちがとんでもない話をするときにも使えるってことにもなって。

つまり、僕なんかは知らない方がいいってことなんだ。

叔父さんを見たら、何にも言わずに納得しなさい、って顔をしている。そうすることにした。大人の世界には、裏表のある世界には知らない方がいいことがたくさんある。

「でも、あれだよね。そういうふうにここが使われるのっていうのは、年に何回もあるわけじゃないわけで」

言ったら、叔父さんも頷いた。

「そりゃあそうよ。いくら何でもそんな不穏なことが毎日あったら困るわよ。私の長年の経験でも年に一回か二回か三回か、そんな感じのことが起こるだけよ。普通のお客さんにはまったく知られることなくね」

ちょっとホッとした。フクさんも、小さく顎を動かした。

「まぁ、普通なら知らなくてもいいようなことが、世間ではあれこれ動いてるってのはよくあることだよ。そしてだな、英志ちゃん」

「はい」

「迷ってはいたが、これに関してはきっと明日にもわかる話かもしれないから、言っておくよ」

「何でしょう」

フクさんは、ちょっとだけ僕に向かって身を乗り出した。

「その石垣奈子さんには、祖父が、お祖父さんが二人いるな」

「いますね」

「一人は、よく話に出てくる町工場を経営してる岡島比佐志さんだ。そしてもう一人は、石垣肇さんというんだ」

石垣肇さん。

なるほど、と、叔父さんと二人で頷いてしまった。それは別に驚く話でも何でもない。確かに、明日にでも奈子さんとの話で出るかもしれない。彼女はお母さんと、死んじゃったお父さんのご両親、つまり祖父母とまだ一緒に住んでいるんだから。

「死別したのに一緒に住んでいるというのは、きっと仲が良いのよね。嫁姑の関係は上手くいってるんじゃないかしら」

「だと思うけど」

でも、どうしてわざわざフクさんがそのお祖父さんの話をするのか。僕がフクさんの顔を見ると、フクさんも少し眉間に皺を寄せて頷いた。

「その石垣肇さんはな、警察ＯＢなんだ」

「警察ＯＢ」

叔父さんも少し眼を大きくさせた。

「定年退職したってことかしら？」

「そういうことだ。そしてな」

「まさか」

フクさんが言おうとしたのを遮って、叔父さんがカウンターの下のどこかから写真を取り出してカウンターの上に置いた。

あの写真だ。たぶん、奈子さんである女性と謎の車椅子の男の人が写っている写真。

「この男の人が、その石垣肇さんって話なの？」

フクさんは、唇（くちびる）を歪（ゆが）めた。

「俺は、石垣さんにはお会いしたことがない。だから、間違いないとは言えないんだが、石垣肇さんは今現在どういう状態かは聞いたことがある」

「状態っていうのは、つまり車椅子での生活をしているってことですか。何らかの病気か事故かで」

「そういうことだ。従って、この写真に写る女性が石垣奈子さんであるならば、この老人は石垣肇さんであることは、ほぼ確実だろう」

叔父さんが、写真をトントン、と叩いた。

「名前までは言わなかったけど、その話は前に聞いたわよね。警察関係の人間であることは間違いないだろうって」

「言ったな」

「ってことは、石垣肇さんであろうことはその時点でフクちゃんにはわかっていたことよね。それを黙っていて、そして迂闊（うかつ）に突っ込めないんだって話をして、なおかつ今日ここでそれを改めて英志ちゃんと私の前で話したってことは。しかも確かめていないのよね？　同じ警察だっていうのに」

そこで叔父さんが言葉を切った。

切って、首を捻った。

「はっきり言えないっていう事情もわかるけれど、どうして確実に確かめることもできないのか。そしてはっきり言わないのか。その真意が全然わからないんだけど」

「真意は、シゲちゃんと同じさ」

「私と？」

フクさんが大きく頷いた。

「長い付き合いだよな。シゲちゃんがどれだけたった一人の甥っ子である、大事な家族である英志ちゃんを可愛がってきたかは知ってる。だからこそ、迂闊なことは言えないから何事もなく終わってくれればいいと思っていたんだが」

溜息をついた。それも、長い長い溜息だ。

「正直に言う。困っているんだ。どうしたらいいか俺にもわからないんだ。立場的にはこのまま黙ってのらりくらりと躱していた方がいいんだが、それでももしも英志ちゃんに何かあったら俺は後悔する。かといって、これを話したところで事態が好転するわけでもない」

フクさんが、苦悩しているのがすごくよく伝わってきた。思わず繁叔父さんと顔を見合わせてしまったぐらいだ。

叔父さんが、腕を組んで唸って、天井を見上げた。

「フクちゃん」

ゆっくりと叔父さんが呼んだ。

「何だ」

「石垣さんは、何をしていた方なの？」

フクさんは、じっと叔父さんを見てから、ゆっくり言った。

「キャリアの最後には、今の警視庁サイバー犯罪対策課のトップを務めていた」

「サイバー犯罪対策課？」

「そうだ」

それは。

「ネットの犯罪とか、そういうもの？」

僕が訊いたら、フクさんは頷いた。

「お飾りではなく、実際にコンピュータやインターネット関連には非常に詳しかったそうだ。今も、嘱託と言えばわかりやすいか。指導員のような立場で、月に何度か対策課に出入りしていらっしゃる」

定年退職はしたけれども、今でも若手へのアドバイスとかそういう仕事はしてるってことだろう。

「つまり、今でも影響力があり、なおかつ多大な貢献をなされた方だ。重要人物だと言っていいし、仮に、縁起でもないがぽっくり逝かれたら、警視総監以下お歴々がずらりと葬儀に並ぶだろうという方なんだ」

偉い人なんだ。そういう人が、奈子さんのお祖父さん。

「英志ちゃん、その肇さんの話は奈子ちゃんから聞いてた？」

「いや、全然」

ほとんど何も聞いていないと言っていい。

「一緒に住んでいるっていうだけ。でも、その話をしたときは特に何も感じなかったから、家族仲が悪いとか問題があるってことはないと思うけど」

「そうよね。仲が悪かったらさっさと奈子ちゃんとお母さんは実家に、岡島さんの家に帰るわよね、旦那さんとは死別してるんだから」

そういうことだと思う。叔父さんは、頷いてフクさんを見た。

「フクちゃん、質問だけするわ。答えられるものは答えて。答えられなかったら、頷くか首を横に振るかして」

フクさんは、小さく頷いた。

「今の口ぶりと今までの対応から考えると、その石垣さんに、秘密がありそうなのね？　その秘密っていうのはとんでもないことなので、フクちゃんはまったく身動きが取れないのね？　ちょっとでも、たとえば石垣さんの顔や今の状況を確かめようとしただけでも、フクちゃんの立場的にはかなりまずくなるから、何も言えないってことなのね？」

フクさんは、何も言わなかった。言わないでじっとしていた。その状態がたっぷり十秒ぐらい続いて、それから本当に小さく、こくん、と、頷いた。頷いて、小さく息を吐いた。

叔父さんも、溜息をついた。

「つまり、このまま私と英志は、奈子ちゃんが本当に半グレの連中を叩きのめしているのかどうか、徒手空拳で確かめるしかなくて、しかも確かめようとしたら私と英志どころか奈子ちゃんも危なくなるかもしれないってことね？」

フクさんが動かない。でも、叔父さんは続けた。

「でもひょっとしたら、このまま何もかもが闇の中で行われて、半グレが狙われることもなくなって、英志ちゃんと奈子ちゃんはその秘密を互いに抱えたまま恋人になって、墓場まで持っていけばめでたしめでたしになるかもしれない、なんて可能性もあるわけね？」

フクさんは、煙草を吸って、大きく煙を吐いた。

それから、呟くように言った。

「覚悟だよな」

「覚悟？」

オウムみたいに繰り返したら、フクさんは僕を見た。

「よし」

煙草を揉み消して、パン！　と自分の腿を叩いた。

「俺はささやかな勇気を出す。英志ちゃん」

「はい」

「お前さんの、決意次第で俺は覚悟を決める。いいか？」

「何でしょう」

僕に向かって、三本の指を立てた。

「三つある」

「三つ」

そうだ、って頷いた。

「ひとつ目は、奈子ちゃんとはこのまま友達で終わりにして離れていくんだ。明日のデートで終わりにしてもう一切会わないで忘れる。むろんあの写真も動画のこともだ。これを選べば、少なくとも平穏無事な今まで通りの生活を送れる。いいな？」

「はい」

「二つ目は、今、俺が抱えているものを全部洗いざらい聞くことだ。謎が解けるかもしれないという快感を味わえるが、その結果は一歩間違えば谷底へ真っ逆さまの世界へ足を踏み入れる。比喩じゃなくて、本当にだ。奈子ちゃんとも、どうなるかはまったくわからん。出たとこ勝負になる。しかも勝ち目が薄い」

叔父さんが顔を顰めた。

「三つ目は、写真のことも半グレを叩きのめした女の子のことも何もかも忘れて、ただ眼の前にいる奈子ちゃんとの恋だけを考えることだ。上手くいくかどうかはわからんが、少なくとも英志ちゃん自身が危険な目に遭うことはないだろう。結果として悲しい事件が起こるかもしれんが、そんなのは誰の人生にも起こり得ることだ」

フクさんは、僕の眼を真正面から見た。

「この三つだ。どれかを選んでくれ。もう一度言うが、それで俺も覚悟を決める」

「それは」

思わず唾を飲み込んでしまった。

「僕が選ぶ道によって、フクさんまでも巻き込んでしまうってことですか。下手したらここにいる三人で谷底へ落ちるってことですか」

「三人じゃない」

三人じゃない？

「もし俺とシゲちゃんと英志ちゃんが三人揃って谷底へ落ちるんなら、そんときはきっと奈子ちゃんと石垣さんも一緒だ。つまり、全員が不幸のどん底へ落ちていく」

「落ちない可能性もあるのね？」

　繁叔父さんが訊いた。

「ある」

　フクさんは、はっきり言った。

「か細い可能性だが、間違いなく、ある。少なくとも誰かは助かる。ただし、全員揃ってハッピーエンドはあり得ない」

「じゃあ」

　叔父さんが続けた。

「英志ちゃんと奈子ちゃんだけでも幸せになる道はあるってことね？」

「腹(はら)ん中に大きなものを飲み込んでも二人で幸せになるって覚悟を持てたんならな」

　つまりだ、ってフクさんは続けた。

「石垣さんと奈子ちゃんは、家族だ。シゲちゃんと英志ちゃんも家族だ。俺だけが他人だが、俺はシゲちゃんとは一生付き合っていく仲間以上の存在だと思っている。つまり、俺とシゲちゃんも家族みたいなもんだ」

　そうか、フクさんもそういえばゲイのはずだ。叔父さんともそういう関係にあるのかもしれない。

「わかったわ」

　叔父さんが言った。

「奈子ちゃんと英志ちゃんが二人で幸せになったとしても、そこには家族を失うという代償があるってことね」

「そういうことだ」

　言いたいことは、わかった。

「英志ちゃん」

　叔父さんが僕を見た。

「私は、何も言わないわ。英志ちゃんを守ることが私の人生だけど、英志ちゃんの人生を私が決めるわけにはいかない。英志ちゃんの選んだ道で、私は全力を尽くして英志ちゃんを守る」

　何を言われても、気持ちは変わらないんだ。それはもう確かめるまでもない。

「誰かを犠牲にしてしまうなんてことは絶対にしたくないけど」

　そんなのは嫌だ。

「でも、奈子さんをこのままにしておくことも絶対にしたくない。奈子さんを救いたい。だから、覚悟を決めてもらう前に僕はお願いします」

　フクさんを見た。

「何もかも教えてください。そして、何とか全員が助かる方法を一緒に考えてください」

ありえないって言われたけど、何も考えないであきらめることなんかしたくない。

9

フクさんが、じっと僕を見た。一度眼を伏せてから、また顔を上げて僕を見た。そしてそれからまた煙草を一本取り出して火を点けて、煙を吐き出した。

「よし」

頷いた。

「よく聞いてくれ。シゲちゃんも」

「もちろんよ」

「〈噂〉がある」

フクさんは、煙草を口にくわえて指を一本立てた。

「あくまでも、〈噂〉だ。本当かどうか俺は知らんし、知りたくもないし、確認する術もない。いや、その気になればあるにはあるんだろうが、たぶん調べようとしたところで俺はどこかに消えちまう」

「消えるっていうのは比喩として？」

　叔父さんが訊くと、フクさんは肩を竦めてみせた。

「比喩なんかじゃなく、二通りの意味でだな。よくわからない失態とかおっかぶせられていきなり無職になってどこかで落ちぶれて暮らすことになる、って意味で消えるのと、文字通りにどこかの海に沈むかどこかの山に埋められるかだ。ひょっとしたらどこかの焼却炉に入れられるかな」

　焼却炉って。何かそんな事件を聞いたことがある。叔父さんと二人で顔を見合わせてしまった。それぐらいにヤバい〈噂〉ってことだ。

「その〈噂〉の前段として、半グレみたいな連中が連続して誰かに叩きのめされてる事件は、むろん警察のその筋の部署でも把握している。ただし、それが同一犯なのか、それともたまたま抗争みたいなものが偶然続いただけなのかはわかっていない。しかし、手口がほぼ同じだ」

「だから当然、同じ人間が半グレ連中を痛めつけてるのかもって思ってるのね。警察は」

　フクさんが頷いた。

「そういう連中もいるし、別にどうでもいいって思ってる連中もいる。何であろうとこれで奴らがいなくなってくれれば、こっちとしては万々歳だからな」

「それはそうよね」

「そうなのさ。何せ死人も出ていないから警察は動かなくていい。やられた方も今のところだんまりを決め込んでいるし、事件にしようともしていない。だから、警察も強いて誰がやっているのかを追おうともしていない。一応気にかけてはいるが、何かわかりそうな動きがあればそのときに動けばいいって感じだ。そもそも半グレの連中は徒党なんか組んでいない。それぞれがバラバラに活動しているから追えもしない」

「全然、追えないんですか？」

訊いてみたら、フクさんは頷いた。

「奴らは大きく分けて三タイプいる。ひとつは、ただの底辺のクズの集まりだ。その中にちょいと目端の利く奴がいて、年寄りを騙して小銭を稼いでいる連中」

「どこにでもいるわよね、そんなのは」

「そうだな。そしてこいつらは自分たちには力がないってわかってるから表立っては動かない。確実に、どこにもバレないようにこっそりやるからどうしようもない。もうひとつは、暴力団と若干の繋がりがある連中だ。繋がりってのは、知り合いがいるとか以前は使いっ走りだったけど抜けたとか、そういうハンパな連中だ。こいつらは自分のルートを使って暴力団の上前をはねようとしたり、先回りして動いて上がりを掠め取ったりしてる」

「危ないんじゃないですか?」

「危ないが、そういうことも楽しんでるような連中だ。自信もあるんだろうさ。中にはそうやって稼いだ金でクラブや会社を経営したりして、健全な経営者ですよって顔をしてるのもいるのさ」

「その裏では、また半端な連中を操ったりしてるのよね」

「その通り。そして最後のタイプはこれが厄介だ。海外のルートを使ってる連中だ」

海外。

「中国とか、アジア系のですか?」

そうだ、ってフクさんが頷いた。

「暴力団とつるむより何のバックボーンもない底辺の連中を上手く使った方が実入りも大きいってわかったもんだから、そういうのが増えている。何よりも品物をさばくにしても海外に持っていった方が足がつかないからな」

そういうことか。事件の記事を読んだりしたときにいつも思うのは、頭を使って犯罪をやっている人たちはどうしてその頭をより良い方向に使わないのかってことだ。

「英志ちゃん」

「はい」

「今の三タイプの半グレ集団の話を聞いて、こいつらが動けば動くほど損をする連中って誰だかわかるかい」

損をする連中。考えてみた。

「善良な人々、ってことじゃなくてですよね」

「そうだな。もちろん奴らに騙されたりする人たちが最大の被害者であり、損をする人たちなんだが、そういう意味じゃない」

「だとすると、暴力団の人たちですよね。よく聞く、シマを荒らされる、ってやつじゃないですか」

うん、って大きくフクさんは頷いた。

「そうなんだ。一部の半グレどもは暴力団ともつるんでいるが、そういうのはどうでもいい。いずれ暴力団に取り込まれるんだから警察も追える。暴力団とつるまないでむしろ敵対行動を取る半グレたちが動けば動くほど、暴力団はシマを荒らされる感じで勢いを失っていく。稼ぎが小さくなっていく」

つまり、ってフクさんは続けた。

「今、日本でいちばん半グレどもを追いかけているのは警察じゃない。暴力団の連中なんだ。何とかして奴らを捕まえて一掃したいって思ってるだろう」

確かにそうだ。変な話だけど、こんな迷惑な話はない、なんて思っているんじゃないだろうか。

「かといって、暴力団の連中が動いて半グレ集団をやっつけてみろ。それは警察側から見れば〈抗争〉のひとつだ。それで堂々としょっぴけるから、こんなラッキーなことはない。だが、そもそも半グレの連中はほとんどが若い連中だ。ネットや携帯を使って何のしがらみもなしに自由自在に動くから、旧態依然とした頭の固い暴力団連中に追えるはずもない」

「警察だって苦労してるんですよね」

「そういうことだ」

頷いて、フクさんは叔父さんが淹れたコーヒーを一口飲んだ。

「そこで、ようやく〈噂〉の話になる」

フクさんの眼が細くなって、僕を見つめた。

「ある暴力団の大物が、ある警察関係の人間と話した。『〈半グレ〉の連中を叩きのめしてくれたら助かるのにな。特に海外の連中とつるんでるのを』と。最初は単なる世間話だったんだが『ひょっとしたら、それは可能かもしれない』と、ある警察関係の人間が言い出した。暴力団も警察もどっちの懐も痛まない、むしろ自分たちの利になる形で、と」

繁叔父さんが、トン、と、カウンターを叩いた。

「まさか、その警察関係の人間ってのが、奈子ちゃんのお祖父さんってこと？　石垣さんってことなの？」

フクさんが顔を思いっきり顰めた。

「〈噂〉だ。石垣さんはもともとはマル暴の、つまり暴力団を相手に長年やってきた人だった。そこでいろんな功績を挙げてきた。ところがだな、功績は挙げるんだが、肝心の大物はちっとも勢力を弱めてくれない。弱っていくのは小さいところばかりだ。傍から見るとまるで石垣さんが功績を挙げれば挙げるほど、その暴力団の大物が力をつけていくみたいだったたってな」

今度は叔父さんが顔を思いっきり顰めた。

「どっかでよく聞くような話だわねぇ」

「その通りさ。テレビドラマや映画や小説に、そんな話はごまんと出てくる。だがな、英志ちゃん」

「はい」

「どっかでよく聞く話ってのは、本当に起こっているからよく聞く話なんだぜ。ただし」

フクさんは僕に向かって大きく掌を広げて見せた。

「別に警察が全部芯から腐っているって話じゃない。まっとうな警察官だって大勢いる。要はパワーゲームの話だ」

「パワーバランスを取る人間がいるからこそ、この世は上手く回っているってことなのよね」

「そういう話だ。だが、パワーバランスを取ってくれているんなら、いい。むしろそういう人がいなくなっちまうと、また新たな抗争が起きて、一般市民に迷惑もかかる。清濁併せ呑む感覚でやってくれればいいんだが」

フクさんが、僕を見た。

「半グレみたいな連中が立て続けにやられたときに、変なことを考えた人間がいたと思ってくれ。〈これはもしかしたら、警察内部から情報を貰った誰かが行っている粛清なんじゃないか〉ってな。警察は証拠がなきゃあ逮捕はできない。暴力団は半グレたちの動きを摑めない。もしも、警察内部の情報を基に誰かがこれをやってるんだとしたら。つまり何が言いたいかというと、石垣さんが、奈子ちゃんを使って半グレみたいな連中を始末してるとしたら」

「ちょっと！」

叔父さんが大声を出した。

僕も、びっくりした。

「そんなこと、祖父が孫に、しかも女の子に！」

「だから」

フクさんが両手を上げて、叔父さんに落ち着けって言った。

「〈噂〉なんだ。どこからそんな噂が出たかというと、そもそも石垣さんと暴力団の大物との癒着は大昔からあった噂話だ。そしてだな、半グレどもがめったくそにやられる事件が発生し始めたのは、石垣さんが定年退職してサイバー犯罪対策課に嘱託として復帰されてからなんだ。明らかに時期が一致していたんだ」

「つまり、サイバー犯罪対策課の誰かとフクちゃんは親しいってことね。その人が入手した半グレどもの情報と、こてんぱんにやられた連中とが一致したんでしょ。それは証拠もないから、ただそういう連中がいるって把握していたっていうだけの情報。警察は動けない。なのに、どんどんやられていく。それで、その人が疑ったんでしょ」

フクさんが頷いた。

「そういうことだ。そして俺は、ここであの動画や写真や、奈子ちゃんの話を聞いた。サイバー犯罪対策課の連中は奈子ちゃんの存在など知らない。あぁ」

言葉を切った。

「もちろん、石垣さんの家族としての情報はあるがな」

つまり、ってフクさんが続けた。

「可能性としてだ。石垣さんは、奈子ちゃんの復讐心につけ込んで、半グレどもを始末させているんじゃないかってことだ。その見返りとして、暴力団の大物から何かしらのものを貰っているんじゃないかって話だ」

信じられない。叔父さんが拳を握っていた。

「とんでもないわよ。冗談じゃない話よ」

「シゲちゃん」

フクさんが、静かに言った。

「ただの妄想じゃないんだぜ？　俺がここまで踏み込んで話しているんだ。根拠も何もなく言うと思うか？」

叔父さんが、唸った。

「連中でしょう。英志ちゃんを見張っていたのは、その石垣さんの行動を密かに監視していた連中なんでしょう」

フクさんが溜息をつく。

「その通りだ」

「どういう人たちなんですか？　その、僕を見張っていたというか、観察していたのは」

「詳しいことは知らなくてもいい。まぁどこの企業でもあるだろう。内部監査をする連中ってのは」

内部監査。そうか、内部の不正とかそういうのを監視したり調べたりする部署が警察にもあるってことか。

「じゃあ、既に石垣さんはそういうところから眼を付けられてるってことなんですね」

「というか、眼を付けられるように、確信を持たせてしまったのは俺なんだがな」

あぁ、って叔父さんが肩を落とした。

「それが、あの写真なのね。奈子ちゃんと車椅子（くるまいす）の石垣さんが写っていた写真」

そういうことだ、ってフクさんも肩を落とした。

「そこは、謝る。俺の不注意だった」

「しょうがないわよ。フクちゃんだって万能じゃないんだし、警察のそういうところは伏魔殿（ふくまでん）だってのは知ってるし」

伏魔殿、っていうのはあれだ。陰謀や悪事が常に企てられているようなところっていう意味の比喩だ。

フクさんはコーヒーを飲んで、煙草を吹かしてる。

「でもフクさん」

「おう」

「そういう監査みたいな人たちが動いているってことは、その人たちに情報を流せば石垣さんは逮捕されるか罷免みたいなことになって、この騒ぎは終わるんじゃないんですか？　そんな簡単な話じゃないってことなんですか」

　さっきも言っていた。フクさんが闇に葬られる話になるかもしれないって。

「そういうことだ」

　フクさんが頷く。

「たとえば、そう、監査みたいな連中が石垣さんがやっていることの証拠を掴んだとしよう。しかしそれは絶対に公表できないことだ。文字通り闇に葬らないとならないことだ。そしてその事実を知った人間全員を、口止めしなきゃならないってことだ。だが、少なくとも今俺たちが話し合ったことが事実だとしたら、それを知っている人間は少なくとも石垣さん、奈子ちゃん、俺、シゲちゃん、英志ちゃんの五人もいることになる。加えて暴力団の大物も絡んでいる。まさか一人ってこともあるまい。六人以上もの大人の口を一生封じ込めることなんかできると思うかい？　ましてやその中には暴力団の大物もいる。そんな多大な労力、あるいは金銭を公僕である警察が使うと思うかい？　そんな口止めするより手っ取り早い方法が世の中にはあるんだよ」

「口封じよね。殺すのよ」

「警察が？　何の罪もない僕たちを？」

「もちろん、表立ってはやらないわよ。石垣さんが暴力団の大物とつるんでいるように、警察にだって裏の世界と繋がっているところはあるのよ。大人の裏社会を嘗めちゃいけないわよ英志ちゃん。方法はね、いくらでもあるの」

叔父さんの眼が、本気だった。

「私はね、そんなのをたくさん見てきたのよ。今までおもしろおかしく脚色できるものはあれこれ話してきたけど、話せないこともたくさんあったわよ」

あるんだ。実際にそういうことが。

「じゃあ、監査してる人たちは」

「あの連中は正しき公務員さ。判断を下すのはもっと上の連中だ。まぁあいつらも自分たちの調べた結果誰かが急に行方不明になった、なんてのは把握できるから何が起こっているのかは知っているけどな」

「つまり、僕たちは何もできないってこと？」

フクさんは、唇を歪めた。

「そう言った。だが、英志ちゃんは皆が助かる方法を、全員が幸せになる方法を考えたいと言ったな？」

「言いました」

「だから、考える」

「でも」

叔父さんだ。

「突破口はあるの？」

フクさんが、煙草を吹かした。

「突破口になるのかどうかもわからんが、今までの話でどうにも納得できないことがあったな？　シゲちゃんも英志ちゃんも感じただろう。祖父と孫だぞ？」

そう。そうなんだ。

石垣さんは、奈子さんのお祖父さん。

「お祖父さんが、いくら孫である奈子さんが復讐に燃えていたとしても、そんな危険なことをやらせるなんて」

「そこなんだ。どうしても納得できん。できないよな？」

フクさんが言って、僕も繁叔父さんも大きく頷いた。

「そこに、何かがあるのかもしれないってことね？」

うん、ってフクさんが頷いた。

「話を整理しよう。奈子ちゃんが〈カウガール〉であり、その後ろにいるのが石垣さんであることはもう間違いない事実だとしよう。すべての状況がそれを指し示している。そこはいいな？」

「動機と偶然に一致してしまったんだろうと俺は考えた」

叔父さんが言って、僕も頷いた。

「いいわね」

「動機と手段?」

そうだ、ってフクさんが言う。

「奈子ちゃんは、お祖母さんが半グレみたいな連中の詐欺に引っ掛かって自殺してしまった。復讐したいという思いがあった。そして、石垣さんは暴力団の大物と話をしてしまった。ひょっとしたら石垣さんは、奈子ちゃんの思いを知っていたからこそ、そういう話をしたのかもしれない。その辺はわからんがな」

そうか。

「最初から何かが計画されたわけじゃなくて、たまたま条件が揃ってしまったんだ」

「そういうことだ。そしてだ。ここが肝心なんだが英志ちゃん」

「はい」

フクさんが僕を見る。

「これは、奈子ちゃんも全部納得済みでやっているのかもしれないし、何も知らないでただやっているだけかもしれない。そのどっちかなんだ」

納得済み。

「つまり、奈子ちゃんはもう一人のお祖父さんである石垣さんが、暴力団の計画に手を貸していると知っていながらも、お祖母さんの復讐のために半グレどもを始末して回っているのかもしれないってことね？」

「そういうことだ。もしくは、石垣さんの裏の目的など知らずに、ただ、警察の人間であるもう一人のお祖父さんに助けを求め、頼んで犯人らしき連中を捜してもらって、退治しているだけかもしれない」

「そうね」

そういう話になるのか。

「じゃあ、もしも、奈子さんが全部納得済みでやっているとしたら」

「最悪だ」

フクさんが言った。

「俺たちのこの会合はすべて無駄（むだ）になる。それこそどうにもならない。それを確かめた次の日には、俺たち三人は仲良く並んで山に埋められるかもしれない。暴力団の大物の手によってな」

「でも」

そんなはずはない。

「奈子さんが、何もかも納得済みでやっているなんて思えない」

むぅ、って感じでフクさんも叔父さんも顔を顰めた。

「そこは確かに信じたいけど、何とも言えないわね」

「俺もだ。奈子ちゃんの心の中には想像以上の復讐心があるのかもしれない。そこはわからん。とにかく、奈子ちゃんに直接訊くのは最後の最後の手段になる。何をどう調べてもわからなくなったらもう、どうしようもない」

「少なくとも、岡島さんは何にも知らないのよね」

そうだ。もう一人のお祖父さん、岡島さんは何も知らない。

「そこもおかしな話よね。前にも言ったけど、亡くなったのはその岡島さんの妻よ。お祖母さんよ」

奈子さんは、お祖母さん、岡島さんの奥さんを死に追いやった連中へ復讐している。少なくともしていた。それに、もう一人のお祖父さんである、石垣さんが関係している。

「そもそも石垣家は、岡島さんの娘の嫁ぎ先よ。奈子ちゃんにしてみればどっちも同じ祖父祖母だけど、奈子ちゃんのお母さんは岡島家の娘よ。そっちとの繋がりが濃いのはあたりまえ。奈子ちゃんだって死んじゃったお父さんの方より、生きているお母さんの実家である岡島家の方に心を寄せていてあたりまえよ」

フクさんが、ちょっと首を捻った。

「まぁその辺はそれぞれの家庭の事情があるだろうがな」

「あるだろうけど、今までの英志ちゃんの話からすると、奈子ちゃんが岡島家の方に馴染んでいるのは明白なような気がするわ。そうよね？」

「そう、かな」

そもそも石垣家のことを僕は何も聞かされていない。

「だから、奈子さんが岡島家の方が好きだって言われたらそんな気がするけど」

「間違いなくそうよ。だって、お祖母さんのために自分の命を懸けてまで復讐しているのよ？」

「そうかもな」

フクさんが頷いた。

「そこにどうして岡島さん、もう一人のお祖父さんが絡んでいないで、石垣さんが絡んでいるのかって話よ」

「だが、そんなことを岡島さんが？　妻を殺されたようなものの、お祖父さんには言えないから内緒でやってるって考えた方が自然だと思うがな」

「自然かしら。私には不自然に思えるけど」

「でも」

岡島さんは、感じていた。

　奈子さんは何か秘密を抱えているんじゃないかって。

「奈子さんのカレシになって、奈子さんが抱えているものを訊いてくれって僕に頼んだってことは、それを感じていたのかもしれないってことだよね」

「そうね」

　叔父さんが頷いた。

「岡島さんは傭兵までやったような男よ。そういう匂いには敏感なのかもしれない。だからこそ、奈子ちゃんを気に掛けているのかも」

「それを考えるなら」

　フクさんだ。

「岡島さんは、石垣さんにも何か不審なものを感じているって線もあるんじゃないのか。娘の嫁ぎ先の舅だ。もう結婚して少なくとも二十年は経っているんだろう。その間に何度も会っているはずだ」

　そうかもしれない。

「じゃあ、岡島さんにこの話をしたら何かがわかるかもしれない」

　言ったら、叔父さんは顔を顰めた。

「どうかしらね。確かに最終的には、たとえば奈子ちゃんが助けてほしいって言ったのなら岡島さんを頼らなきゃならないのかもしれないけど」

「今の段階で、狙われる対象者を増やすのはよくないだろうな」

そうか。駄目か。

「何にせよ」

フクさんだ。

「俺たちが動けるのは、話を聞けるのは、奈子ちゃんだけだ。それ以外の人間に何かを確かめようと動けば、たちまち誰かに把握される。しかも、奈子ちゃんとそういう話をできるのはこの店でだけだ」

「岡島さんの家でも？　今までも僕は岡島さんに会っているんだし」

フクさんは、首を横に振った。

「警察を嘗めるな。一度動き出したら、とことん調べ上げる。もう英志ちゃんがこの話をできるのはここだけだ」

「じゃあ、僕の家も既に監視というか、盗聴とかされてるってこと？」

「その通りだ」

フクさんはゆっくり頷いた。

「一度監視対象者になったら、それが解除されるまでとことんだ。もっともそんなに人員を配置しているとは思えないから、どこに行っても盗聴されてるとまでは心配しなくてもいいだろうがな」

「ここは、大丈夫なんだ」

「そう。さっきも言ったけど、ここはクリーンルーム。そういう世界ではね。そういう慣習は守るものなの。それこそパワーバランスね」

「そうだな」

ぐるりと店を見回して、フクさんも言う。

「ここにまでそういう手を伸ばすことによって、バランスが崩れるのを組織はよしとしない。ここは、大丈夫だ」

「じゃあ、明日奈子さんに会ったときに確かめなきゃならないのは」

うん、って、フクさんが頷いた。

「石垣さんのことだ。奈子ちゃんのもうひとつの家族。石垣家の内情だな。何故、石垣さんが奈子ちゃんに〈カウガール〉をさせているかを確かめなきゃならん。しかも、英志ちゃんが〈カウガール〉のことなんか何にも知らないという状況でな」

それは、とんでもなく難しいことじゃないのか。

「どんなふうに話を進めていけば、一日でそこまで話してもらえると思う？」

訊いたら、叔父さんもフクさんも揃って唇を歪めた。

「難しいわね」

「キツイな」

「だよね」

どう考えても無理だ。

「ただ、可能性としてはあるわね」

「どんな可能性」

叔父さんは天井を見上げるので、思わず同じように天井を見上げた。フクさんも。

「二階よ」

「二階？」

「二階には私の部屋があるわね」

「あるね」

何度も入ったことがあるし、泊まったことだってある。

「私がキレイ好きだってことは知ってるわね。この店はかなり趣味に走っているけど、二階の部屋はかなりまともな部屋だってことは」

「そうだね」

その通りだ。

「そして、二人なら楽に泊まれるってことも」

パチン！　と、フクさんが指を鳴らした。

「それだな」

「それって」

　叔父さんは、ゆっくり頷いた。

「明日は、臨時休業にするわ。奈子ちゃんがお店に来た後はね」

「臨時って」

「適当に理由つけるわ。そうね、どこか地方で親しい友達の葬儀が急に入ったから、お店の後片づけは英志ちゃんと奈子ちゃんに任せるってことで。バイト代としてカレーのお代はタダにして、しかも私はどこかの地方に泊まりになるから、不用心だから英志ちゃんはここに泊まっていくことにしてちょうだい」

　泊まるって。

「後は、英志ちゃんの腕次第で」

「そんな腕がどこにあるの」

「腕はなくとも酒はある」

　フクさんが言った。

「二人きりになったら、じゃあお酒でも飲もうか、ってことになるのは不自然じゃないだろう」

　確かに不自然ではないかもしれないけど。

「とにかく、頑張れ。石垣さんの秘密に迫れるのはそこしかないかもしれん。俺はその間にできることをしよう」

「何をするの？」

叔父さんが訊いたら、フクさんは小さく顎を動かした。

「もし〈カウガール〉が次も活動するとしたら、どこのどいつを狙うかをだ。それは秘密でも何でもない。サイバー犯罪対策課の人間なら誰でも見られる情報だ。そこからそいつらを辿ったところで俺は俺の仕事を別方面からしようとしていると思われるから、それこそ不自然でも何でもない」

「その情報を基にして、石垣さんが組み立てている絵図を想像しようっていうのね」

「そういうことだ。何の役にも立たないかもしれんが、ないよりはましだ」

10

演技力って、結局のところは資質、生まれ持ったものなんじゃないかと思うんだ。

たとえば、嘘が上手い人はイコール演技力があるかっていうとそうじゃないと思う。

嘘つきは、簡単に見抜ける場合が多いと思う。言葉だけで嘘をついちゃうからだ。

見る人が見たら、違うか、聞いたら〈あ、今こいつは嘘をついたな〉ってすぐにわかる。まぁその逆もあってその下手な嘘に簡単に騙されちゃう人もいるわけで、だから詐欺なんていう犯罪は未来永劫なくなっていかないと思うんだけど。

つまり、演技力って、言葉や表情じゃないんだ。その人の持ってる性質なんだ。だから演技力のない人は一生そのまま。ある程度は訓練でどうにかなったとしても、本質のところではそういう生まれついての演技者には敵わない。

そうやって考えると、僕の父さんは演技力のない人だと思う。そして、繁叔父さんは演技力を持って生まれた人だ。兄弟でもそういう違いが出てくるのはどうしてかはわからないけれど。

叔父さんは僕に何でも話してくれたと思ってる。

何でも、っていうのはたとえば自分がどんな仕事をしてきてどんな男性と付き合ってきたか、なんていうことだ。そういう話を聞いたとき、父さんならそのときにどんな思いを抱いていたかっていうのが、すぐにわかる。辛かったとか苦しかったとか相当悩んだってことが何となく伝わってくるんだ。そしてそこに嘘はないっていうのが、わかる。親子だからっていうのもあるかもしれないけど。

繁叔父さんは伝わってこない。

伝わってこないっていうか、こっちが言葉を聞いてすぐに勝手に連想とか想像とかをしてしまうんだ。本当のところはどうなのかはわからないのに、何故か納得してしまうんだ。それは叔父さんの話し方なのか、全身からにじみ出る雰囲気なのかはわからないけど。

僕はカメラのレンズを通して、ファインダーを通してそういうものも観てきたんだけど、考えたんだけど、演技力のある人って、きっちりバリヤーみたいなものを張って同時にそれをオーラみたいに発していけるってことだと思う。

バリヤーを張った上で、自分の演技を観ている人に、台詞を聞いてる相手に上手く自分の思いみたいなものを飛ばして、そして、否応なしに相手に想像させちゃうんだ。それが本当の自分の思いかどうかはまったく隠して。

だから、演技力のある人は、計算ずくであるいは本能的に、相手に想像させることができるんだと思う。嘘をついているんじゃない。相手を納得させてしまうんだ。いい役者さんって、そういう演技をしているんじゃないのか。

ときどき、画面を観ないでドラマを観ることがある。役者さんの姿をまったく観ないで、声だけを聞いて筋を追っていくんだ。

そうすると、別に下手くそじゃないんだけど、台詞棒読みってわけじゃないのにまったく感情が伝わってこない役者さんがいる。その反対に、棒読みみたいな感じなのにその表情さえ浮かんでくる役者さんもいる。

演技が上手いのは、もちろん後者の方だ。

繁叔父さんが奈子さんに見せた演技は完璧だった。わかっている僕でさえ、本当にちょっと焦ってしまったぐらいだ。

奈子さんを渋谷の駅まで迎えに行って、叔父さんの店に連れてきて、叔父さんを紹介して。そのときに店の中にはもちろんフクさんしかいなかった。今夜はヒマだ、ってことにして、フクさんも単なるお客さんってことで紹介もしなかった。

奈子さんは、何だかちょっとだけ緊張していた。そう感じた。

ひょっとしたら僕の身内である繁叔父さんに会うからかもしれないな、と思ったけれどどうだろう。

でも、すぐに打ち解けてくれた。その辺はさすが叔父さんだ。長年客商売をやっているし、ゲイだから女性ともすぐに仲良くなれるし、女性の方も男性と意識しないからすぐに気を許してくれる。

それも、女性の方が敏感よって叔父さんは言っていた。

その気になれば自分はゲイであることを隠して、つまりオネエ言葉を遣わないで態度も男らしくすることもできるから、そうやって接すると普通の男性はほとんど気づかない。でも、女性は八割方気づくのだそうだ。あくまでも叔父さんの経験則だけど。

しっかり仕込んでくれた叔父さんのカレーは、大好評だった。奈子さんは一口食べただけでその表情を変えて、「美味しい！」って叫んだぐらいに。

叔父さんの作るカレーは全然奇をてらったものじゃない。見た目はごく普通のチキンカレーだ。変わっているのは、チキンを唐揚げでも作るのかってぐらいに味付けをしてから煮込むことぐらい。叔父さんが言うには、それで信じられないぐらいに複雑な味わいが出るそうで、本当に美味しいんだ。

「実はね」

僕と奈子さんが並んでカレーを食べているのをにこにこしながらカウンターの中で見ていた叔父さんが、静かに言った。

「そのカレーはね」

「うん」

「今まで黙っていたけど、英志ちゃんのお母さんのカレーなのよ」

「え？」

思わずすくったばかりのカレーを見て、それから奈子さんと顔を見合わせてしまった。

「いや、そんなの知らないよ？」

「だから、黙っていたって言ったじゃない」

奈子さんが眼をぱちくりとさせた。僕もそうだ。どうして母さんのカレーだったことを隠す必要なんかあったんだろう。

「でも、母さんの作ったカレーは」

思い出そうとしていた。母さんの作ったカレー。確かにカレーは何度も食べたと思うけれど。

「味までは覚えていないと思うけど、こんなのじゃなかったと思うけど？」

「そりゃあそうよ。まだ英志ちゃんは子供だったじゃない。こんなスパイシーなものは食べさせられないわ。子供用のカレーしか作ってなかったわよ。これはね」

叔父さんが僕たちの眼の前にあるカレーを見つめて微笑んだ。

「まだ英志ちゃんが生まれたばかりの頃よ。ふらふらしていた私が兄貴のところに出入りするようになった頃、よくあなたのお母さん、真理子さんが作ってくれた特製カレー」

「特製カレー」

「私がいつ家に寄ってご飯を食べていってもいいようにね。真理子さんはいっつもカレーを作っておいてくれてたの。ほら、カレーならたくさん作って冷蔵庫に入れておけば、もしくは冷凍しておけば大丈夫でしょう？」

叔父さんが奈子さんに向かって言うと、奈子さんも頷いていた。

「私は、相変わらずふらふらしてたからね。いつやってくるかわからないし、そもそもご飯をちゃんと食べているのかもわからない。そんなろくでもない義弟のためにね、真理子さんはカレーを用意しておいてくれたのよ」

「そうなんだ」

そんな話は、全然知らなかった。微笑みながらも、ちょっと眼が潤んでいるような気がする叔父さんを見て、奈子さんもなんかじーんとしてるって感じの顔をしていた。

「三人の、思い出のカレーなんですね」

奈子さんが言うと、叔父さんは、そうね、って頷いた。

「今となっては思い出の味になってしまったのよね」

それは、わかった。わかったけれども。

「どうして今まで黙っていたの？」

その理由が全然わからない。叔父さんは、ちょっと首を傾げて僕たちを見て、それから苦笑いした。

「気が早いのかもしれないけどね」

気が早い？

「いつか、英志ちゃんがお嫁さんをこの店に連れてきたら、教えてあげようと思っていたのよ。この味を覚えてもらって、新しい木下家のカレーの味にしてほしいなって。そんなことを考えていたのよ私」

奈子さんが、ちょっとだけ眼を丸くしてそれからすぐに微笑んで、でも恥ずかしそうに少し下を向いた。僕もどういう顔をしていいかわからなかったんだけど、でも奈子さんが下を向いた瞬間に僕を見た叔父さんの眼が、何かを言っていたのがわかった。

その次の瞬間だ、叔父さんの携帯が鳴った。

「あら」

そう言って叔父さんが電話に出た。

「お久しぶりね」

奈子さんはまだ照れくさそうにして、でもカレーを口に運んで、僕も何て言えばいいかわからなくてそうしたときに、叔父さんが声を上げた。

「何ですって!?」

強い声。そして、思わず身体を震えさせた。それだけで何かがあったんだってわかって、僕と奈子さんは叔父さんに注目した。

「何てこと」

叔父さんが溜息と一緒に声を出す。そして、僕をチラッと見た。

「えぇ、わかったわ。ちょっと待ってメモをするから」

　ここでようやく僕は気づいたんだ。予定通りに演技をしているんだって。何かをメモした叔父さんはまた僕を見た。

「大丈夫よ。すぐに店を閉めて行くわ。えぇ、大丈夫。あれよ、気をしっかり持ってね。すぐに行くから」

　電話を切った叔父さんは壁の時計を確認した。

「英志ちゃん」

「何か、あったの？」

　もう僕も全部理解して、打ち合わせ通りの台詞を口にした。演技なんかしなくたって場の流れから自然に声が出た。叔父さんが悲しげな顔をする。

「大事な旧友がね、死んじゃったの」

　奈子さんが、少し息を呑んだ。

「大阪なのよ。これからすぐに出たいの。身寄りが少ない人だからすぐに行っていろいろしなきゃならないのよ」

「わかった」

「奈子ちゃんもごめんなさいね。今夜は女同士じっくりお話ししたかったんだけど」

「大丈夫です。またすぐにお邪魔します」

「そうしてちょうだいな。私ね、奈子ちゃん好きになっちゃった」

にこりと叔父さんは微笑む。奈子さんも同じように微笑んで頷いた。

「それで、英志ちゃん、すぐに出たいから後を任せていいかしら？　お店は閉めるから後片づけとレジ締めとお金」

「いいよ。やっておく。掃除もしておくよ」

「ごめんね。あれよ、お店のものはもう何を食べても飲んでもいいから。何だったら今日は上で泊まってもいいから」

叔父さんはさらっとその台詞を奈子さんに向かって言った。

「遠藤ちゃん！　ごめんね？　聞こえたでしょ？」

遠藤さんなんかいない。そこにいたのは帽子やヒゲで変装したフクさんだけど、フクさんも頷きながら立ち上がった。

「いいよ。大変だな。また来るよ」

「ごめんねぇ。今日のお勘定はいいわよ」

何を言ってるんだ、ってフクさんが笑いながら財布を出して、千円札をテーブルの上に置いて立ち上がって帰っていった。

これも、打ち合わせ済みだ。何もかも僕が全部しなきゃならないっていうのを、奈子さんに見せるための。

「ゆっくり食べててちょうだい。あ、お代わりもオッケーよ。英志ちゃんわかるでしょ。私は準備してくるから」

叔父さんが店の奥の扉を開けて、二階へ上がっていった。扉にはいろいろポスターとか貼ってあるから扉があるってけっこう誰も気づかないんだ。奈子さんも叔父さんがそこを開くのを見てちょっとびっくりしていた。

とりあえず、カレーを口に運んだ。まだ二人とも全部食べていない。

「何か、ごめんね」

「ううん！」

奈子さんがカレーを口に運びながら言った。

「緊急、というか、人生で起こり得る出来事でしょ？　大丈夫」

そう言って、微笑んだ。

「カレー、本当に美味しいし」

「うん。あ、本当にお代わりオッケーだからね。特別じゃなくてここはそうなんだ」

うん、って奈子さんは頷いた。

「さっきの人は」

「さっきの？」

「遠藤さん、って呼んでた人は常連の人？」

その訊き方が本当に何気なく感じたので、素直に頷いた。

「そうだよ。僕は話したことはないけれど、よく顔を合わせる。どうかした？」

ううん、って首を横に振った。

「お金を置いていく様子が様になっていたから、あぁそういうお店なんだなって」

「そうだね」

常連じゃない人はレジまで払いに来るけど、常連はそうやってテーブルとかカウンターに置いていく。実は、たとえば九百円でも千円札を置いて出ていくんだ。百円はチップじゃなくて、寄付。叔父さんがホームレスみたいな人たちにご飯を食べさせているのを、知っている人たちはそうしてくれるんだ。

後をお願いね！　って本当に申し訳なさそうに言って、叔父さんはボストンバッグを持ってお店を出ていった。

僕と奈子さんは二人で「行ってらっしゃい！」「気をつけて！」って声を掛けてそれを見送って、それから店のドアに鍵を掛けた。もちろん行灯（あんどん）は大分前から消してある。

今夜は閉店。

もう誰も来ない。

腕の見せ所よ、と叔父さんに言われてしまっていた。そんな腕はないんだけど、叔父さんが設定した舞台は完璧だった。今でも僕は本当に叔父さんが友達の葬儀に出かけたような気になってるから、奈子さんは完全に騙されている。

いやそもそも奈子さんは何も疑っていないんだけど。

「カレーお代わりは？」

訊いたら、奈子さんはちょっとだけ首を傾げた。

「どうしようかな」

もう少し食べたいけど、って感じ。

「じゃあ、もう少し後に、夜食みたいにして食べようか」

これは、実はフクさんが考えた台詞だ。さりげなく夜を長く過ごそうと提案する台詞。まさか本当に言うとは自分でも思ってなかったけど、意外にさらっと言えた。

「そう、だね」

奈子さんが頷いた。

「店のお掃除もあるしね」

うん、って頷いた。

「掃除は急がなくてもいいから」

店の中にはジャズがずっと流れている。叔父さんが流しっぱなしにしていったやつだからきっとネットラジオかなんかだ。

奈子さんが頷いて、ゆっくりと店を見回した。

「二人きりになると、なんか広く感じるね」

「そうだね」

確かにそうだ。慣れている僕は平気だけど。

「じゃあ」

ここで言おうと思った。

「さっさとお店を片づけちゃって、二階でのんびりしようか。二階は普通の部屋だからソファもテレビもあるし。台所もあるからカレーも温められるよ」

奈子さんはちょっと考えるような表情を見せたけど、すぐに頷いた。

「そうしようか」

☆

二階は、一人暮らしするにはけっこう広いんだ。木製の階段を昇って行くとそこはすぐ居間になってる。広さはたぶん十二畳ぐらい。壁に並んだ本棚と、ソファとテーブル。テレビもパソコンもある。

その奥にはカーテンだけで仕切られた台所。そこもけっこう広くて六人が座れるテーブルも置いてある。あとは、お風呂にトイレに洗面所にクローゼット。そしてゲストルームで使っている四畳半ぐらいの洋室が二つ。

そこには僕も泊まったりするけど、他に泊まる人はあまりいないって叔父さんは言っていた。

なかなか、趣味がいい部屋だと思う。店はなんだかとんでもない感じのインテリアだけど、ここは写真に撮ればデザイナーズマンションって言っても通用するぐらい。

「家族で、母さんが生きていた頃に来て泊まったこともあるんだ」

案内しながら言うと、奈子さんはこくり、と頷いた。

「思い出のある部屋なんだ」

「そうだね」

「叔父さんは」

僕を見て奈子さんが少し笑った。

「思っていた以上に素敵な人だった」

「それには全面的には賛成しかねるけど」

僕も笑った。

「本当に感謝しているよ。もちろん家族だし、もう一人の父親みたいに思ってる」

それは本当だ。物心ついたときからずっと繁叔父さんは僕の傍（そば）にいてくれて、ずっと守ってくれている。

奈子さんが僕を見つめて、微笑んで、うん、って頷いた。手を伸ばせば届く距離に奈子さんは立っている。

何か飲む？　とか、何か映画でも観る？　とか、いろいろ言葉を考えてはあったんだけど、何も考えないで、僕は腕を伸ばして奈子さんの手を取ったんだ。

本当に、ごく自然に、勝手に身体が動いた感じ。

奈子さんは、驚いたりしなかった。僕が手を取った瞬間はちょっとぴくりとしたけど、そのままそっと手を引っ張ると、半歩僕の方に進んでくれた。

だから僕も半歩進んだ。

それで、二人の間に距離はなくなった。

痣（あざ）だらけで、恥ずかしいんだ。

奈子さんは小さな声でそう言った。

暗いから見えないよって僕は言った。でも、窓から入ってくる外の明かりで確かにそれは見えた。

腕とか、足にある、痣。

奈子さんがいろいろスポーツをやっているって聞かされていなかったら、誰かに殴られたり蹴飛ばされたりしたんじゃないかって思えるぐらいの、痣。

そして、鍛えられた身体。

女性らしい柔らかさはあるけれどその下にある筋肉がはっきりとわかる。抱きしめただけで、僕よりもはるかに鍛えられている身体だっていうのが理解できた。まるで、オリンピックで見た陸上選手の身体みたいだって思った。引き締まったお腹に、すらりと形の良い手足。

アスリートの身体。

また恥ずかしいって奈子さんは言った。

何がって訊いたら、まだ二人で会うのは二回目なのにって言う。だから、僕は初めて会ったときから考えていたって言った。少し嘘だけど、全然嘘ってわけでもない。

奈子さんは小さく顎を動かして、僕にキスしてきた。

私も、って囁くように言った。

こういうふうになったから、訊けることって確かにあると思う。こういうふうにならなきゃ訊けないこと。

「どっちも実家に住んでいるから」

そういう意味で言うと、奈子さんは、くすっ、と笑った。

「そうだね」

二人きりになれる場所なんか、それこそラブホテルを使うしかない。

「一人で暮らしたことがあるんだよね？」

「うん」

「それは、実家に何か事情があったから？」

ううん、って奈子さんが頭を軽く動かした。

「私もずっと実家暮らしだったから。そうしてみたかっただけ」

少し間を置いた。

「岡島のお祖父ちゃんたちが少し心配だったから、近くに住んでみようって考えたのもある」

「そうか」

でも、って続けた。

「岡島さんと一緒に住んでもよかったんじゃないの？」

「それじゃあ、一人暮らしにならないでしょ」

「あ、だね」

二人で笑った。

「向こうの、石垣さんのお祖父さんって、どんな人なの」

全然不自然な質問じゃないと思う。僕は岡島さんを知っているんだ。もう一人のお祖父さんがどんな人かなって思っても不思議じゃない。

祖父母の顔も僕はよく覚えていないのを、奈子さんも知ってる。

「石垣の方はね」

一度言葉を切って、顔を動かして僕を見て悪戯っぽく笑った。

「お巡りさんだったんだよ」

「お巡りさん？」

少し驚いたフリをする。

「そう。もう定年退職して、あ、今も嘱託みたいな感じで仕事に行くこともあるけれど」

そうなんだ、って頷きながら少し考えた。

「岡島さんは確か七十六歳だよね」

「そう」

「石垣のお祖父さんは？」

「えーと、六十六歳かな」

「お母さん、あ、つまり岡島のお祖父ちゃんの娘ね。遅くにできた子供だったから」

「そうか」

石垣さんは、六十六歳。警察が何歳で定年を迎えるのかは知らないけれど、退職したのはそんなに昔じゃないんだなきっと。

だから、嘱託で働いたりもしているんだ。

「じゃあまだ若いから、一緒にどっかに行ったりもするんだ」

これも自然だよね。奈子さんは、少し頭を動かした。

「実は、石垣のお祖父ちゃんは車椅子（くるまいす）の生活なんだ」

「車椅子？」

驚いてみせる。

「どこか、怪我（けが）をしたとか？」

うん、って頷いた。

「八年ぐらい前にね。えーと」

言い淀（よど）んで、唇（くちびる）を一度引き結んで僕を見た。

「物騒な話になってしまいます」

「うん」

「乱暴な人たちに襲われて、下半身不随になってしまって、それで早期退職したの」

「つまり、捜査中に強盗とか暴漢に襲われたっていうこと?」

うーん、って少し奈子さんは躊躇った。

「はっきりしたことは、犯人も捕まっていないからわからないんだけどね」

「うん」

「お祖父ちゃんの言葉を借りると『こういう商売だから恨みを買うこともある』って」

「詳しくは、捜査上の秘密っていうのもあるのかな」

ツッコんでみる。これぐらいは若者の好奇心ってことで不審には思われないよね。

奈子さんは、小さく頭を動かした。

「そういうことかな」

「びっくりしたんじゃない?」

「でも」

奈子さんが少し眼を大きくさせて僕の眼を見る。奈子さんの眼は、とてもきれいな形をしているって改めて思う。

「お祖母ちゃんは、警察官の妻だし。私だって警察官の孫だし。そういうのは覚悟していた部分もあるから」

それは、よく聞く話だ。ひょっとしたら、石垣さんは半グレと呼ばれる人たちに襲われたんだろうか。その可能性もあるかもしれない。だから、余計に半グレの連中を始末しようとしているのか。奈子さんは岡島さんの奥さんの復讐で半グレを始末していると思っていたけれど、そこには石垣さん自身の恨みなんかも入っているんだろうか。

でも、仮にも警察官だった人が、黒い噂があるにしても自分の孫を使って自分の復讐もさせるだろうか。

ここでもっと訊かないとダメだって思った。僕たちは今、ベッドの上で裸で抱き合っている。このままずっと会話をするわけじゃない。ひょっとしたら眠ってしまうかもしれないし、奈子さんが帰るって言い出すかもしれない。

「友達がね」

「うん」

「大学の友達で、自主制作で映画を作っていた奴なんだ。そいつがやっぱり暴漢に襲われてさ」

「襲われたの？」

奈子さんが少し驚いたように言った。

「そうなんだ。幸いっていうか、足を折られたけれどそれ以外は大丈夫だったんだけど、襲ってきた連中は半グレって呼ばれている連中みたいでさ」

もちろん、嘘だ。いや、言いがかりをつけられたことがあるのは本当だけど。

「犯人もまだ見つかっていないんだ。外国人もいたみたいで。石垣のお祖父さんも、そういう人たちを捜査していたのかな」

不自然じゃないと思う。

奈子さんの、僕に回していた腕に少し力が入った。僕を見ていた瞳の中に、何か小さな光が灯ったような気がした。

「それ、そこにキノくんもいたの？」

いなかったけど、嘘をつく。

「いたよ。僕は何も怪我しなかったけど」

「顔を見たの？」

声に少し力が入ったような気がした。今まで僕に全部委ねていた奈子さんの身体にも、何かが巡り出したように感じた。

「そいつの？」

「そう」

「見ていない。夜だったから暗くて」

「そう、なんだ」

奈子さんはそう言って、それから少し何も言わないで、僕の身体に回していた手に力を込めてきた。

僕を抱きしめてきた。

だから、僕も抱きしめた。

キスをした。

長い長いキスをして、お互いの身体と身体を確かめ合った。最初とは違って、今度はゆっくりと。慌てないで。

奈子さんが、唇を離して、僕を見た。

「あのね」

「うん」

じっと僕を見る。

「誰にも言わないって決めていたことがあるの」

そう言われて、僕も奈子さんをじっと見つめた。

「言わないよ」

「え？」

「奈子さんが誰にも言わないって決めたことを僕に教えてくれるのなら、僕はそれを誰にも言わない」

約束するって続けて言った。でも、言った瞬間から僕も演技者の資質があるんだって理解した。生まれ持ったそういうものを持っているんだって。奈子さんはしばらく僕を見ていた。それから、一度眼を閉じて、ゆっくり開いて僕に軽くキスをした。

「私の身体にある痣はね」

「うん」

「スポーツで怪我をしたものじゃないの」

11

スポーツで怪我(けが)をしたものじゃない。

僕と見つめ合いながら、ハッキリと奈子(なこ)さんはそう言った。

「スポーツじゃない？」

そう繰り返したら、奈子さんは小さく顎(あご)を動かした。

「どうしよう」

「何が？」

「すごく、ドキドキしてるっていうか、まだ頭の中でぐるぐるしてる。いろんなものが。ゴメン、何言ってるのかわかんないよね」

困ったような笑みを見せた。その瞳の中に本当にいろんなものが見えるような気がした。迷いとか、混乱とか、いろんな感情が渦巻いているっていう感じ。

奈子さんの肌がまたうっすらと熱を帯びてきたような気がする。

身体って、正直だと思う。心のうちで何かが暴れたら、身体も熱くなる。アドレナリンとかそういうものだろうと思うんだけど、スポーツはあまりやらない僕だって、これは、って思った被写体を見つけてそれを撮っているときに身体が熱くなってくることがある。興奮してくるんだ。ただシャッターを押しているだけなのに、身体中に汗をかくことだってあるんだ。

奈子さんは、大事なことを言おうとしている。

「誰にも言わないって決めていたんだけど」

「うん」

「こうやって、肌を見せてしまうと、絶対に訊かれるでしょう? これはいったいどうしたんだって」

「そうだね」

それは、普通の感覚を持っていればそうだと思う。こんなベッドの上じゃなくても、たとえば友達と温泉に行ったりしたら、知らない人はちょっと驚くだろう。「どうしたのそれ⁉」って訊くと思う。

「もしも、奈子さんにカレシとかいたなら、ＤＶとかを心配する人もいるかもね」

　奈子さんが、くすっと笑った。

「私の友達なら、私が強いのは知ってるからそんな心配はしないけど」

「それは、違うよ」

　叔父さんからいろいろ話を聞いたことがあるから知ってる。ＤＶっていうのは、たとえば奈子さんみたいに男とケンカしても負けないような強い肉体を持った女性は大丈夫、なんていうことはない。

「男と女の、愛情というか、心の問題はそんなところにはないって話だよ」

　もちろん、そんなドロドロとした恋愛みたいなものには縁がないので、あくまでも聞いた話でしかないんだけど感覚としてはわかるような気がする。

　奈子さんも、少し唇（くちびる）を引き締めて、そうだね、って頷（うなず）いた。

　それから、少し息を吐（は）いた。

「決めてたの」

　僕を見る。暗がりの中だけど、ほんの十センチ先にある奈子さんの瞳が少し潤（うる）んでいるような気がする。

「訊かれたら、ちゃんと答えようって。答えなきゃならない。だからきっと恋人はしばらくできないって思ってた。できないじゃなくて、作らないって決めていた」

「男の人に、こうやって肌を見せるようなことはしないって？」

こくん、って頷いた。でも、僕に抱かれたんだ。

「ものすごく勝手な話だっていうのはわかってるんだけど」

「うん」

「嘘はつきたくないから、素直に言うね」

「うん」

「これは、いつか、終わることなの」

いつか、終わること。

「スポーツじゃない。何か他のことをしてるからこうなっているし、これからもたぶん、痣（あざ）が増えたりひょっとしたら大きな怪我をしたりするかもしれない。でも、そうならないうちに終わるかもしれないの」

カウガール。復讐（ふくしゅう）はいつか終わる。お祖母さんを自殺に追い込んだ相手を見つけて再起不能にさせたら止（や）める。

たぶん、そういうことを言っているんだ。

「だから、訊かないでほしいの。何をして、こんなふうになっているのかを」

私を信用してほしい。黙っていてほしい。奈子さんはそう言っているんだ。

訊かないでほしい。

「ごめんなさい」

ごめんなさい、って繰り返して僕に回した腕にまた少し力を込めた。

「本当に勝手なこと言ってるし、それで、そんな女をイヤになっちゃってもしょうがないって思ってるんだけど」

「でも」

きっと、そうじゃない。

「僕なら、って奈子さんは思ったんだよね？　そう感じたんだよね。理由はまったくわからないんだけど、だから、僕と付き合おうと思ったんだよね？　こうなってもいいって思ったんだよね」

僕も、奈子さんの瞳を覗き込むようにして言った。奈子さんは、また小さく顎を動かした。

「ごめんね」

「謝るようなことじゃないよ」

人を好きになるって、たぶん、そういうことだ。

理屈なんかじゃない。何かを感じたから、好きになるんだ。好きになった理由付けに後からいろいろ考えたりするかもしれないけど、好きになるのに必要な時間なんてほんの僅(わず)かなんだと思う。

僕も、きっとそうだったはず。コンビニで奈子さんを見たときにもう僕はきっと好きになっていた。それを〈良い被写体〉っていう僕の感覚に変換させて心の隅に置いてしまっただけ。僕がもっと恋愛に敏感な男だったら、その場で一目惚(ひとめぼ)れだって思っていたんだろう。

迷ったのは、一瞬だったと思う。

きっと長くても一秒か二秒。

奈子さんが変に思わない程度の時間。

このまま、探り探りで話を進めていくかってこと。奈子さんが自分から〈カウガール〉であることを言い出した。でもまだ認めてはいない。この腕や足の痣については何かをしているんだけど、何をしているかは訊かないでほしい、私を信じてほしいって言ってる。

じゃあ、僕を信じてもっと話をしてほしいって、言うかどうか。

ここで納得して「わかった」って言ったら結局奈子さんと恋人同士になれただけで、僕たちの仲が進展しただけで今夜は終わってしまう。

そして、奈子さんは〈カウガール〉を止めない。

今度それをやったら半グレたちに捕まって奈子さんがひどい目に遭うかもしれない。下手したら殺されることだってある。僕はそれをこのまま黙って見ていることになってしまう。フクさんも叔父さんもこれ以上何かを調べることなんかできないんだ。僕が奈子さんから直接訊くしか方法は、たぶんない。

何が起こっているのか。そしてそれを、皆が幸せになれる形で、少なくとも誰も怪我したり心を痛めたりしないで終わらせるためにはどうしたらいいのかを考えなきゃならない。

それに、僕は岡島さんとも約束したんだ。

もしも、奈子さんと恋人同士になったのなら、奈子さんの抱えているものを何とかしてほしいって。

僕は、今こうして奈子さんと恋人同士になった。心が触れ合ったから、もっと知り合うために身体を重ねた。心も、もっと重ねようとしている。奈子さんが僕に隠しているように、僕も奈子さんに隠している。奈子さんの動画を持っていることを。それを見せて訊くことはできる。『これは、どういうことなのかを教えてほしい』って。

奈子さんは驚くだろう。

何をしているかを教えてくれるかもしれない。

でも、それを見せた瞬間に奈子さんは僕から離れていってしまうかもしれない。僕に迷惑は掛けられないって言うかもしれない。

繁(しげる)叔父さんみたいに言うなら、今ここで、下手を打てないんだ。

「奈子さん」

「うん？」

頭を抱え込んで引き寄せて、またキスをした。奈子さんは素直に応(こた)えてくれる。長い長いキスをする。そして、ゆっくりと離れる。

「奈子さん」

もう一度、今度はゆっくりと呼んだ。

「はい」

「僕は一緒にできないのかな」

「一緒に？」

奈子さんは何を言ってるのかわからない、っていうふうに少し頭を動かした。

「奈子さんは、誰にも言えないけれど、そんなふうに痣を作ってしまうようなことをしている。何かを成し遂(と)げようとしている。そうなんだよね？」

少し間があって、奈子さんは、うん、と、頷いた。

「そういう表現でいいと思う」

「僕は手伝えないの？」

　奈子さんの眼が少し大きくなった。

「もしもここで僕が素直に頷いたら、『わかった。何も訊かないよ』って言っちゃったら、僕はずっと後悔すると思う。僕は何もできなかったんだって。奈子さんに会う度（たび）にその後悔の気持ちが浮かび上がると思う。そんな気持ちで僕は奈子さんと付き合いたくない」

　演技とか、騙（だま）そうとか、そんな気持ちで言ってる言葉じゃない。本当に素直な気持ちだ。

「奈子さんが、何も訊かないで、って勝手なことを言うなら、僕も勝手なことを言う。奈子さんが成し遂げようとしていることを、僕にも手伝わせてほしい。それを一緒に成し遂げたい」

　奈子さんが驚いているのがわかる。僕たちは肌を合わせているんだ。奈子さんの心臓の鼓動だって僕に伝わってくる。

　どうしよう、って考えている。さっきの僕みたいに、何て言えばいいんだろうって必死で考えている。

「とても」

　小さい声で奈子さんが言った。

「嬉しい」

「うん」

「でも」

僕を見る。その瞳が本当に潤んでいる。

「できない」

「それは、基本的に無理ってこと？　つまり、痣を作るような肉体的にキツイことを、身体の弱い僕なんかはできないっていう意味？」

「それも、そう。理由のひとつ」

奈子さんの唇が一度引き締まる。何て言えばいいのかをずっと考えている。言葉を選んでいるんだ。

「強い思い」

「なに？」

「私は、本当に、強い思いを持って、それをやっているの。それは、普通の人なら考えられないぐらいのことだって思ってる」

つまりそれは、復讐ってことだ。でも、その言葉はまだ言えない。

「そういう思いがないと、成し遂げられないことなの。だから、無理」

「じゃあ、僕もそういう思いを持てばいいんだ」

「無理よ」

「無理じゃない。僕は奈子さんを守りたい」

それは、本当だ。

「奈子さんは、危険なことをやっているんだ。それはもうわかった。だって、スポーツ以外でそんな痣を作るってことは、危険なこと以外何もない。しかもそれは人には言えないことなんだ。危ないことに決まっている。そんなの小学生でもわかるよ」

何も言わないで、奈子さんは一度を眼を閉じた。

「僕は奈子さんを好きになった。だから、好きな人を守りたいっていう思いは、強い思いじゃないって言える？」

「それは」

「強い思いだよ。奈子さん」

「駄目」

身体を起こそうとした奈子さんを押さえた。いくら奈子さんが身体を鍛えていたって、僕は男だ。女性が起きようとするのを強く抱きしめて止めることぐらいできる。

「じゃあもう会わないとか言っても駄目だよ。僕は聞いてしまった。奈子さんは僕に言った。何よりも奈子さんは、僕にこれを」

腕をさぐった。それから足も。身体にだって、痣がある。本当にあちこちにある。

どれだけ大変なことをやっているか、あるいは鍛錬しているかはこうやって見れば、触れば本当によくわかる。

鍛え上げられた身体。戦う、身体になっているんだ。

奈子さんの溜息が聞こえてきた。

「どうしよう」

真剣に悩んでいるのがわかる。僕のことを心配しているのも、きっとあるんだ。

「じゃあ、奈子さん」

僕を見た。

「お願いだから、考えてよ。奈子さんが成し遂げようとしていることを、どうしたら僕が手伝えるか」

「手伝えるか？」

「そう。ひ弱な僕が邪魔になるっていうんなら、確かにそれはしょうがない。奈子さんの邪魔をしようとは思わない。でも、どうして邪魔になるのかを、ちゃんと教えてほしい。こういうことをしているから、僕に手伝うことはできないんだって言ってほしい。今ここで結論を出せないなら、考えてほしい。僕にできることを。もしくは、僕が奈子さんの邪魔になるってことをちゃんと伝えるにはどうしたらいいかってことを」

実家に暮らしているから、さすがに何も言わないで朝帰りはできないって奈子さんは恥ずかしそうに笑った。遅くなったから誰か友達の家に泊まるっていう嘘も、つきたくはない。その気持ちはわかるので、駅まで送っていった。

ちょっとした気恥ずかしさはあったけれど、そしてお互いにいろいろ悩ませてしまっているっていう思いはあったけれど、そんなものよりも恋人になったんだっていう気持ちの方が大きくて、僕たちは腕を軽く組んで駅までの道を歩いた。奈子さんが僕の腕に自分の腕を絡(から)ませてきたんだ。

約束してくれた。

今夜一晩、ちゃんと考える。そして、明日アルバイトが終わったらまた会おうって。場所は、また叔父さんの店にした。叔父さんはしばらく帰ってこないかもしれないっていう設定になっている。帰ってくるんだけど、それはどうにでもできる。

「じゃあ」

「また」

改札口の前でそう言って別れた。手を振った。普通のカップルだったら家まで送らなくて大丈夫かな、とか少しは思うんだろうけど、奈子さんに関してはそんな心配はあまりしなくてもいいのかもしれない。たぶん、僕の百倍ぐらい強いんだろうから。

☆

繁叔父さんが、うん、ってゆっくり頷いた。

そして、ニヤリと笑った。笑って、何も言わずに僕の肩を叩いた。バンバンと何度も叩いてその度にニヤニヤ笑った。

「よくやった」

何故か男のままの声で言った。

「痛いよ。そして怖いよ」

叔父さんが男としての野太い声を出すとけっこう迫力がある。

奈子さんと駅で別れてすぐに電話をしたんだ。奈子さんは帰ったから戻ってきても大丈夫だよって。

どこにいたのかは知らないけど、本当に叔父さんはすぐに帰ってきた。そして、ちゃんとそういうことになりましたってことを伝えたら、感慨深そうな顔をしていたんだ。

「これはねぇ英志ちゃん」

「なに」

「父親だってなかなか味わえない感覚よ。まさか兄貴に彼女が恋人になったなんて報告はしないでしょ普通は」

「まぁ」

そうだろうと思う。人それぞれだから断言はできないけど、父親に彼女を初めて抱いたことを普通は報告しないだろう。

「だから、貴重な体験よ。叔父で良かったわ」

「嬉しいの？」

「嬉しいわよ。生まれたときから知ってる可愛い甥っ子がねぇ。こんなに大きくなったことをちゃんと教えてもらえるなんてねぇ」

「いやそれは」

こういう状況だから報告したんであって、普通なら僕だって言わない。でもまぁ、何となく気持ちはわかる。

「わかるけど、そこに関してはもう訊かないでよ根掘り葉掘り」

「訊かないわよ。ヤボってもんよ。でもさぞや美しかったでしょうねぇ奈子ちゃんは。私も見てみたいわぁ純粋な気持ちで」

「やめてよ」

うん、って頷いて笑った。十一時を回っている。叔父さんはウイスキーを水割りで飲んでいて、僕はコーヒーを飲んでいた。

身体に気怠さが残っている。一日中歩き回って撮影して、そしてとてもいい写真が撮れて満足してお風呂に入って、上がってきたときのような感覚。女の子と抱き合ったのは本当に久しぶりなんだけど、そういえばこんな感覚だったなって身体が思い出している。

「明日ね」

「うん」

叔父さんが少し唇を歪めて天井を見上げるようにした。

「どっちがいいかしらね。私が一度帰ってきて、一緒にいた方がいいかしら。それともまだ二人きりの方がいいかしら」

「どうだろうね」

叔父さんが帰ってきたってことにしても、二階で話すことはできる。全然問題ない。

「でもまぁ、やっぱりいない方がいいわよね。友人の葬式で大阪に行ったんだから、普通に考えれば明日が通夜で明後日は葬儀よ。その間、私はいない方が自然ね」

「そうなのかな」

他人の葬儀に出たことは今まで一回しかない。仲が良かった同級生のお母さんが亡くなったときだ。

「そうしましょう。際どい話になることは間違いないんだから、二人きりの方がいいわ。でも、これは私がいた方がいいなって思ったらすぐに連絡ちょうだいね。私は歌舞伎町にいるから」

「あ、そんなところにいたの」

「友達のところよ。しばらく泊まっても平気なところ。まぁ今日は普通にここで寝るけど」

「そうだね」

奈子さんが急にここに来ることは絶対にない。

「それにしても」

叔父さんが煙草を取り出して、火を点けた。煙が流れていく。

「そうだと確信はしていたけれど、とりあえず一〇〇パーセント間違いないってことは、これで確認できたわね」

「うん」

奈子さんは〈カウガール〉だ。半グレたちを、再起不能にして回っている。

「思うんだけどね。まぁ明日になればわかることだから、ここであれこれ想像しても無駄なんだけど」

「なに」

「奈子ちゃんは、全部教えてくれるわよ。英志ちゃんに」

「そうかな」

「そうよ。そこは間違いないわ」

「どうしてそう確信できるの」

それはね、って言いながら煙草の灰を灰皿に落とした。

「生々しい話をしちゃうけど、奈子ちゃん処女じゃなかったんでしょ？」

本当に生々しい。

「まぁ、たぶんだけど」

「かといって、経験充分でもない。それなりに緊張していたでしょ」

「そうだね」

緊張していたのは僕も一緒だったけど、間違いなく緊張していた。

「お互いに初めてじゃないだろうけど、慣れていないっていうのは、よくわかったよ」

「でしょうね。奈子ちゃんは決めていたのよ。それこそ強い思いでね。自分は復讐を遂げるまでは男に興味なんか持たない。カレシなんか作らないってね」

その通りだった。

「なのに、英志ちゃんと出逢ってしまった。恋をしてしまった。その瞬間にね、〈誰にも言わない〉っていう気持ちは〈誰にも言えない〉に変わったの。ニュアンスはわかるでしょ？　そして、言ってしまったの。何かをしているってね。もう奈子ちゃんの中では〈英志ちゃんに言いたい〉ってなってるのよ」

「どうして？」

叔父さんが、渋い顔をした。

「重い荷物なんか、誰も一人で持ちたくはないのよ。誰かに一緒に持ってもらえるなら、その方がいいって人間は思うものなの。それが、自然なのよ。英志ちゃんだってそうでしょ？　その傷のことを、奈子ちゃんのお祖父さんに知られたときに少し軽くなるでしょ？」

「あぁ」

そういうことか。

「そうだね」

確かにそうだ。重い荷物なんて気持ちは僕にはないけれど、確かに知られてもいいなって思った人に知られると、そして受け入れてもらえると心は軽くなる。

「だから、奈子ちゃんは〈カウガール〉であることを、全部教えてくれるわ。それは間違いない。英志ちゃんに納得してほしいって願いながらね。確認だけど、全部受け入れるのよ？」

「もちろん」

何もかも、受け入れる。

「その覚悟はできてるよ」

叔父さんがにっこり笑って、頷いた。

「その上で、よ。奈子ちゃんがどういう提案をしてくるか、いくつかパターンを考えておかなきゃね。慌(あわ)てないように」

「パターン」

「言ったんでしょ？ 手伝いたいって。だから奈子ちゃんは全部話した後に言ってくるわよ。こうしてほしいって」

「うん」

水割りを一口飲んで、叔父さんが続けた。

「いちばん考えられるのは、〈黙って待っていてほしい〉ね。でも、そう言っても英志ちゃんは納得しないってこともたぶん奈子ちゃんは考える」

なるほど、と頷いた。僕もそう思う。

「だから、奈子ちゃんは考えているはず。本当のことを話すけれども、嘘をついて英志ちゃんを守るって」

「そうか」

「そうするはずよ。それしか道はないはず。奈子ちゃんは頭の良い女の子よ。そしてね、頭の良い子っていうのは自然と欲張りになるの。自分の恋と人生の目的と二つの道ができたのなら、その両方ともを歩けるようにって考えるのよ」

「だろうね」

僕もそう思う。

「だから、本当のことの中に、嘘を交ぜる」

「どんな嘘」

叔父さんが煙草を吹かした。少し考えるような表情を見せる。

「おそらく、奈子ちゃんは全部話すけれども、もう一人の祖父である石垣肇（いしがきはじめ）さんが絡んでいることは内緒にするでしょうね。もちろんそれも確証はないけれども、ここに至ってはそうでなきゃおかしいわ。そして、なんたって警察内部の人間なんだからそんなことをしてるってバレたらマズイ。奈子ちゃんもそれは十二分にわかっている」

「そこは、絶対に僕には話さない」

「そう。そしてそこを隠すことで、英志ちゃんにも〈手伝ってもらえる〉ことができあがるのよ。わかる?」

考えて、って叔父さんが僕を見た。

でも、それぐらいなら僕にだってすぐにわかる。

「奈子さんは、お祖母さんが騙されて自殺した。その犯人を警察じゃなくて自分で始末しようと考えて動いている、と、僕に言う。つまり、自分一人で半グレを捜し回ってそして始末してるんだって、嘘をつくんだね」

「そうよ」

その通り、って叔父さんがニヤリと笑った。

「そんなことできるのか、って英志ちゃんが訊いたら、やってきたんだって言うに違いないわ。できるんだって言われたら英志ちゃんはそれはもう納得するしかない。石垣肇さんは警察関係だけど、そこから情報を貰っているんじゃないかって英志ちゃんが訊いたとしても、そんなことできるはずがない。自分がやっていることは〈犯罪〉なんだって。大事な祖父の立場を悪くすることなんかできるはずも言えるはずもないってね」

そういうことになる。

「奈子ちゃんは、英志ちゃんが賢い人だって気づいているはずよ。だから、そういう嘘をついても見抜かれるかもしれないって考える。でも、そこしかないって考える」

「僕に、半グレを一緒に捜して、って頼むんだ」

「そういうこと」

それなら、喧嘩なんかできない僕にだってできる。

「何よりも英志ちゃんは才能あるカメラマンよ」

「証拠になるものを撮影できる」

「そう。まさしく捜索にはうってつけの人間よね。それをやってほしいって頼まれたら、英志ちゃんはイヤとは言えないし、仮に嘘じゃないかって思ったとしてもそれ以上突っ込めば奈子ちゃんの態度が硬化するとも、思う」

溜息が出てしまった。

「何だか、お互いに探り合っている恋人同士って変だよね」

どっかの映画にあった、お互いにスパイの夫婦みたいな。叔父さんも、苦笑いした。

「しょうがないわね。そういうふうに出逢ってしまったのよ二人は。運命みたいにね。それに、案外そんな関係の恋人っているものよ？」

「そうなの？」

「そうよ」

叔父さんが煙草の煙を吐いた。

「世の中、表には出ないいろんな裏の世界があるのよ。たまたま裏と表を出入りする二人が出逢って恋をしてしまうなんて、私たちにしてみればよくあることよ」

そうなのか。そういうものなのか。

「でも」

ふぅ、と、叔父さんが息を吐いた。

「英志ちゃんと奈子ちゃんは、表通りを歩くべき人間よ。未来ある若者よ。奈子ちゃんは片足を裏の方に突っ込んでしまっているのかもしれないけど、まだ大丈夫よ。その足を明るい表通りに向かわせるのは」

「僕の役目なんだね」

「そうよ」

ポン、と、カウンターを叔父さんは叩いた。

「そのために、英志ちゃんは奈子ちゃんに出逢ったのよ」

そうかもしれない。僕も、息を吐いた。

「僕にできることは、その奈子さんの嘘に乗っかることだね?」

叔父さんが、強く頷いた。

「ほぼ、一〇〇パーセント間違いないわ。奈子ちゃんは英志ちゃんのために、そういう嘘を用意してくる。そして、英志ちゃんに半グレを捜させるけれど、無理はさせない。むしろ自分で絶対に見つからないように一緒に回るかもしれないわね。その間に、奈子ちゃんはまたやるはずよ。石垣肇さんの指示で」

「〈カウガール〉を」

「そう。半グレを叩きのめすことをね。そこが、勝負よ」

裏をかく。

そう言ったら、叔父さんは頷いた。

「奈子ちゃんをそんな生活から引きずり出すには、それしかないわ。ひょっとしたら、岡島さんの協力も必要になるかもね」

「岡島さん」

そうよ、って叔父さんは頷いた。

「今のうちに、さり気なく伝えておいた方がいいかもしれないわ」

12

わかってはいたけど、繁叔父さんの洞察力というか、そういうのは凄い。

完全に一致していた。奈子さんが僕のためにつくんじゃないかと言った嘘が。

「私は、復讐をしているの」

その表現を使った。

お祖母ちゃんを自殺に追い込んだ相手を捜している。それは複数いて犯罪グループのような奴らだって。そして、そういう奴らを見つけたら、半殺しにしている。二度とそんなことができないように。

半殺しっていうのも、奈子さんが言った言葉だ。

今日は閉店にしたけど、奈子さんはバイトが終わったらそのまま叔父さんの店に来てくれた。そしてなんとなくだけど、二人ともちょっと緊張していて、でも身体を合わせた同士の親密感もあって不思議な感じだった。

カウンターに並んで座って、昨日のカレーを、また美味しいねって二人でたくさん食べて。そして、奈子さんは話してくれた。どうしてこんな痣を身体に残しているのかを。

「その連中を」

ゆっくり僕は言った。

「奈子さんが一人で捜して、叩きのめしているの？」

「そうよ」

はっきりと僕を見て言った。

やっぱり、そういう嘘をついた。叔父さんの言った通りに。

きっと間違いなくもう一人の祖父の石垣さんが関係しているんだろうけど、そんなこと一人でできるの？　とか、どうやって？　とかは訊かなかった。僕はただ、そうなんだ、と、頷いた。ここで下手なことを言ってせっかく決心して話してくれているんだから、このまま話を進めたかった。

「訊いていいかな」

　どうぞ、って奈子さんは頷いた。

「警察には任せておけなかったの？」

「お祖母ちゃんは、自殺だったの。そして、騙されたという証拠もなかったのよ」

「オレオレ詐欺じゃなかったの？」

「正確に言えば、直接渡してしまったの。お金を」

　それも、証拠はなかった。わかったのはお祖母さんがお金を銀行から下ろしていて、それがなくなっていたという事実のみ。

「でも、私が原因だったのよ」

「原因？」

「お祖母ちゃんは、私のせいで詐欺に遭って、そして死んでしまったの」

　奈子さんのせいで？

「どういうこと？」

奈子さんは、苦しそうな顔をしている。話すことも辛（つら）いんだと思う。

「私は、思い上がっていたのね」

「思い上がっていた」

「小さい頃から、空手（からて）や格闘技を習っていたわ。それはもうお祖父ちゃんの影響なんだけど、そもそもそういうことが好きだった。男の子よりずっと元気だった」

そして、曲がったことが大嫌いだった。弱い子をいじめる子も大嫌いだった。

「よく学校でケンカして親を心配させた。私としては、口より先に手を出したんじゃなくて、ちゃんと話し合ってから、それでもどうしようもないときにこらしめていたつもりだったんだけど」

もちろん、それは自分より身体的、体力的に優位に立っているはずの男子に対してだけだった。自分より弱そうな子にはそんなことはしない。

奈子さんにやられた男子はかなりプライドが傷ついたと思う。少なくとも奈子さんの見かけは、とてもそんな強い女の子には見えないんだから。

「『坊っちゃん』って知ってる？　夏目漱石（なつめそうせき）の」

「もちろん」

学校の国語の授業でも取り上げられたし、僕は古い映画も観ている。本も読んでいる。

「あの小説、最後は坊っちゃんと山嵐は、赤シャツたちを殴ってこらしめたわよね」

「うん」

　そうだ。覚えている。

「でも、結局それは坊っちゃんたちが最終的に勝ったわけじゃないでしょ？　むしろ乱暴して逃げ出したとされても仕方ないっていうか、表面的にはそうでしょ？」

「確かにそうだね」

　権力を持った人間に、権力では敵わないから、殴った。口で言ってもわからん奴は殴る。乱暴な解決法。

「それでいい、って気持ちはずっと私の中にあったの。別に、大人になってからもケンカばかりしていたわけじゃなくて、気持ちとしてね」

　学校を出てからは暴力を振るったことなんかない。

　でも、ただ一度、どうしても我慢できなくなって相手を叩きのめしたことがある。

「バイトしていたあそこのコンビニで」

　あ、って言いそうになるのを堪えた。

　そうだ。聞いていた。岡島さんが言っていたっけそんなことを。あれはここに繋がる話だったのか。

「どうしようもないクズみたいな客だったの。私はアルバイトだから我慢していたんだけど、お店の商品にいちゃもんをつけてきて、店内にいたお客さんや店長にまでひどいことを強要するような奴で」

耐え切れないで、バイトは辞めた。その場で叩きのめした。店長さんは形式として仕方なく奈子さんをクビにしたけど、感謝しているって。

「それが、結局お祖母ちゃんを死なせることになっちゃったの」

「え？」

どういう経緯(いきさつ)があったのかはわからない。とにかく、奈子さんのお祖母さんは、奈子さんが痛めつけた半グレみたいなその男に騙されて、まんまとなけなしの貯金をはたいてしまった。渡してしまった。

それを苦にして、自殺した。

奈子さんが、泣いていた。

僕は手を握って、それから肩を抱くしかできなかった。

それが、奈子さんが〈カウガール〉になった理由だったんだ。自分のせいでお祖母さんが、と思っていたんだ。

どうやってその男は奈子さんのお祖母さんのことを、とか、何で直接奈子さんに仕返ししないでお祖母さんを、とかの疑問は浮かんだけど、それは奈子さんが僕に隠した部分に関係しているんだろう。そういうことを奈子さんはどうやって知ったかも、きっと石垣さんが関わっているんだ。

そうか、それで疑問のひとつも解けた。

仲の良い夫婦のはずだったのに、どうしてお祖母さんは、岡島さんに何の相談もなく死んだのか。

相談したら、直接の原因が奈子さんだと岡島さんにわかってしまうからだ。そんなことは言いたくなかったんだ。

謎のまま、死んでいこうと思ったんだきっと。

暴力は嫌いだって奈子さんの行動を否定はできない。たとえば戦争映画が僕は好きだ。昔の戦争映画だって観たこともある。『史上最大の作戦』は名作だと思うし、最近では『フューリー』は本当におもしろかった。戦争はもうしてはいけないと思うけど、男たちが戦う映画は好きだ。そもそも戦争映画なんてほとんどは日本が負けた第二次世界大戦の映画だ。自分の国が負けた戦争の映画を観て喜んでいるんだから、いろいろ矛盾しているのはわかってる。

奈子さんが、復讐しようと決意したのは、警察が犯人を逮捕してくれないからだ。そもそも自殺だから犯人とは言えないのかもしれない。でも、お祖母さんを殺したのは間違いなく詐欺でお金を巻き上げた人間。

そして、そうさせてしまったのは、自分。

だから、復讐しようとしている。自分一人で。

岡島さんが心配していた通りなんだ。祖父である岡島さんと同じように、奈子さんはその心に強い衝動を抱えて生きている。義憤、正義感。そういうものを。

「僕に、何ができる？」

奈子さんは、ちょっと首を傾げた。

「撮影してほしい」

「撮影？」

これも、叔父さんの言った通りだ。

「犯人のことは何もわからないって言ったけど、もちろん私は顔を見ているから覚えているけど、ひとつだけ誰にでもわかることがあるの」

「何？」

「タトゥー」

「タトゥー？」

入墨。

「犯人は、そのグループは、ここに入墨をしているの」

奈子さんは着ていた薄手のセーターの袖を少しだけ捲った。

「この手首のところに、こういう炎の形みたいな入墨をしてる。私が叩きのめしたコンビニの男もそうだったの。そいつらはグループなのよ。そういう犯罪をしているどうしようもない連中」

バッグの中から、奈子さんは小さなメモみたいな紙を取り出した。そこには確かに炎のような形が書いてある。

「こういうの？」

「そう。袖口から少し見える。ちょっとでも腕を上げれば全部見える。今までもそうやってそいつの仲間を捜してきたの。あいつらは人の集まるところ、繁華街やそういうところ、あちこちに出入りしているはず。だから」

「そういう人の集まるところで、僕は写真を撮るんだ。そこに入墨がある奴の」

「そう」

奈子さんが心配そうな顔を見せた。

「大丈夫よね？　望遠レンズとか使えば、バレないで撮影できるわよね？」

「それは、大丈夫だよ」

盗み撮りなんか簡単にできる。僕たちカメラマンは素人（しろうと）が考えもしないような遠くから、決して気づかれずに撮影することができる。

「絶対に無理しないで。お休みのときでいいの」

早口で言おうとした奈子さんをそっと制した。

「大丈夫。わかってる」

これは、嘘かもしれない。ひょっとしたら入墨なんかないのかもしれない。でも、何にもないところからここまで話を作るとは思えない。奈子さんは強いかもしれないけど、こんなふうに人を丸め込むための話作りが上手だとは思えない。

どっちかはわからないけれど、でも、これに乗るしかない。

「やるよ。でも、約束してほしい」

「なぁに？」

「もしも、この先に本当にお祖母さんを自殺に追いやったその犯人を奈子さんが先に見つけたのなら、絶対に隠さないで僕にも教えてほしい。絶対に。そしてそいつを叩きのめしに行くんだったら、その現場に僕も行く」

「それは」

奈子さんが顔を顰めた。

「邪魔はしない。遠くから見ている。それは絶対に守る。他にどんな嘘をついてもいいから、それだけは約束してほしい」

本気だった。

奈子さんはきっと自分の嘘を僕が見抜いていることをわかっているかもしれない。

わかってて僕もそれに乗っているかもしれない。だから、お互いに、暗黙の了解にしたんだ。

そこだけは、守ってほしいって。

恋人として。

「わかった」

奈子さんが頷いて、僕に身体を預けてきた。

「約束する。やっつけに行くときには、必ず教える」

☆

「なるほどね」

繁叔父さんは、深く大きく頷きながら、溜息をついた。

「納得したわ。いろんなことに」

「そうだな」

フクさんもそうだ。同じように溜息をついて、それから煙草に火を点けて、大きく煙を吐いた。

今日も遅くなると親にいろいろ言われるからって、奈子さんは昨日よりは早めに帰ったんだ。なので、戻ってきていいよって叔父さんに電話したら、フクさんも一緒に来たんだ。今日はたまたま別件で二人で会っていたって。それは本当に今回の件に関係ない、二人の共通の友達のホームレスの人の件で話し合っていたって。

「俺はさ」

フクさんが続けた。

「今までずっと、石垣さんが孫を利用してそんなことをやらせてとんでもない人だと思っていたんだが、本筋の理由は奈子ちゃん側にあったわけだ」

「むしろ、石垣さんは、奈子ちゃんが暴走しないようにコントロールしているのかもしれないわね」

叔父さんが言った。

「コントロール？」

「情報を上手く与えて、現場も設定して、奈子ちゃんが怪我したり反対にやられたりしないように見守っているのかもしれないってことよ。ねぇフクちゃん」

「なんだ」

「石垣さんが自由にできる人手ってあるの？　口が堅くて何でも言うことを聞いてしかもラフシーンにも使えるような」

「いざというときの奈子ちゃんの応援部隊って話か？」

「そうよ」

フクさんが少し考えた。

「いるかもしれんな。そう言ってもせいぜいが二、三人だと思うが」

「二、三人でも警察関係の人間なら充分でしょバックアップには。きっといるのよそういう連中。英志ちゃんがその連中に見つからないで撮影できたのは、本当に偶然だったのかもしれないわ」

フクさんも頷いた。

「もしそうならば、の話だけどな」

「でも、フクさん」

「おう」

「もしも、石垣さんがそうやって奈子さんをコントロールして守っているんだとしたら、この間話したことは少し変わるんじゃないの？　秘密を調べようとしたら僕たちだって消されてしまうかもしれないって。そこまでのものじゃ」

「いや」

フクさんは、眼を細くして僕を見た。

「それとこれは話が別だ。あの人が守っているのは奈子ちゃんだけであって、その裏に暴力団の大物がいることは間違いないんだ。それにな」

一度言葉を切った。

「確かに石垣さんがそういうふうにしている可能性も出てきた。だがな、まだ未確認なんだが、今の奈子ちゃんを守っているかもしれないって仮説を簡単に吹き飛ばすかもしれない事実も出てきたんだ」

「何よ。もったいぶらないで言ってよ」

叔父さんが言うとフクさんも頷いた。

「たまたまだ。人事関係の作業をしているときに、石垣さんのデータを確認する機会に恵まれたと思ってくれ。俺じゃない、他の人間が」

「フクちゃんの協力者がね」

「そうだ。それは別に秘密裏(ひみつり)に石垣さんのことを調べようとしたわけじゃなく、ただの事務的作業だったから石垣さんが知っても問題ないんだ。それでな、英志ちゃん」

「はい」

「奈子ちゃんと石垣さんは、血が繋がっていないようだ」

「え？」

「なんで？」

叔父さんと同時に言ってしまった。

「どういうことですか？」

「簡単なことだ。石垣さんの奥さんは邦枝さんという人だ。そして家族としては息子が一人いて、石垣市雄さんだ。つまりこの市雄さんが、奈子ちゃんのお父さんだ。お母さんの名前は絢子さんだ」

市雄さんと絢子さん。

そういえばご両親の名前を聞くのも初めてだった。

「この市雄さんは、既に病没しているんだ。まだ五十代だったのに可哀相にな」

「それは知ってました」

奈子さんが言っていた。

「今は、祖父母とお母さんの四人暮らしだって」

うん、と、フクさんは頷いた。

「それで、その市雄さん、お父さんだが、実は邦枝さんの連れ子だったたって話だ」

連れ子。叔父さんがトン、とカウンターを叩いた。

「奥さんは再婚だったのね？」

「そうだ。だから、石垣さんと市雄さんは血が繋がっていない親子なんだ。つまり、奈子ちゃんと石垣さんも血が繋がってない祖父と孫ってことになる」

血が繋がっていない。

想像もしていなかった。

「聞いてなかったの？」

「聞いてなかった」

「だからと言って、どうだって話でもないんだが」

フクさんが煙草を吹かして続けた。

「皆で言ってたよな？　孫にそんなことをさせる祖父がいるかって。おかしくないかって。ひょっとしたらここに理由があったのかって、俺は思ったけどな」

叔父さんが、唇を歪めた。

「生まれたときから知ってる法律上も孫とはいえ、どこまでも血は繋がっていないってことね。愛した妻の血を引く息子の子供であっても、それでも自分の血縁ではない」

「他人なんだ」

何気なく自分で言ってしまったけど、そうなんだ。

「他人ね」

叔父さんが繰り返した。

「今の石垣家で、血縁と感じられるのは邦枝さんと絢子さんと奈子ちゃんの女三人じゃないかしら。残った石垣さんだけが他人」

「そうだな。俺がそのデータをこの眼で確かめたわけじゃないから確定はしないが、そういう話になる」

溜息をつきながら、叔父さんが顔を顰めた。

「もしもそんなのが、石垣さんが奈子ちゃんを〈カウガール〉にした理由のひとつなんだとしたら、悲し過ぎるわ。どう転んでも」

☆

これからどうするか、っていう結論は出なかった。

出なかったというより、出せなかったんだ。

フクさんも繁叔父さんも、僕と奈子さんに幸せな結末が訪れるように、誰も死なないように努力をしようって言ってくれたけど、どうしたらいいのかっていう具体的な話は進まなかった。

石垣さんに直接会って何もかもぶちまけるのは、最悪だって話になった。そうなったら、何がどうなるかわからない。石垣さんと奈子さんの血が繋がっていないなら尚更だって。とんでもない冷血漢なら、自己保身のために奈子さんを切り捨てることだってするかもしれない。石垣さんは奈子さんを孫だなんて思っていないかもしれない。ただの、面倒を見ている同居人。そんなふうに思っている可能性だってなきにしもあらずだって。

叔父さんの仲間に頼んで、奈子ちゃんを見張ってもらっている。何かあればすぐに連絡が来るようになっている。

そして僕は奈子さんに頼まれた通り、時間のあるときには若者が集まるようなところにいって、誰にもわからないように手首に炎のタトゥーがある男を捜して、撮影する。本当にそんな奴がいたら少し尾行してもいいかもしれない。

しばらくはそれを続けるしかない。

でも、もうひとつ、僕にはしなきゃならない、した方がいいことがあった。

岡島さんに、話すことだ。

奈子さんがやっていることを、さりげなく岡島さんに伝えるのは絶対に難しいと思う。あの人は何でも見透(みす)かしてしまうような気がするし、そもそもさりげなく伝えられるようなことじゃない。

どうしようかいろいろ話し合ったけど、奈子さんと同じことをしようっていう結論になった。

つまり、石垣さんのことは隠して、奈子さんがやっていることを教えるんだ。

僕と奈子さんは恋人同士になった。付き合うことになった。これはきっと岡島さんは喜んでくれるんじゃないかと思うんだ。

そして、奈子さんから僕は秘密を聞いた。

お祖母さん、岡島さんの奥さんを殺した相手を捜している。見つけたら、叩きのめしている。それだけを、奈子さんに聞いたことしか知らないってことにして、話をする。それがいちばん事態をややこしくしないやり方だと思った。

その上で、岡島さんとも約束する。僕が絶対に奈子さんを守るって。そして、岡島さんが知ったことは奈子さんには言わないでほしいって。何だったら協力者である繁叔父さんが岡島さんに会いに行ってもいいって話になった。

〈岡島製作所〉はもう音がしていなかった。午後五時過ぎ。いつもこの時間には作業を止める。よっぽど急ぎのものがあれば別だけど。

シャッターの横にある小さなドアを開けると、奥の休憩スペース、ボロボロのソファに座って煙草を吸ってる岡島さんが見えた。仕事が終わるといつもそこでしばらくのんびりするんだ。大谷（おおたに）さんはいなかった。早上がりしたのかもしれない。もうほとんど仕事はないって言ってたから。

よぉ、って岡島さんは軽く手を上げてくれたんだけど、すぐにその表情が変わった。僕はちょっと驚いて、何かまずいときに来てしまったのかって工場の中を見回したけど、何もなかった。

　岡島さんもすぐに笑顔に戻っていた。

「よく来たな」

「あの、出直しましょうか？」

「何でだ？」

「いや、何かまずいような雰囲気が一瞬」

　そう言うと岡島さんが苦笑した。

「何でもねぇよ。お前さんが正直者だってのが、よくわかったってことさ」

　正直者？　何を言ってるのか、わからなかった。岡島さんは何か頷きながら、まぁ座れやって、ボロボロのベンチを指差した。

　煙草を吹かして、僕を見る。

「あれから奈子は来てねぇけど、何かあったんだろ。二人の間に」

「え」

　どうしてわかるんだ。

「何で、ですか」

　可笑しそうに岡島さんは笑う。

「わかるさ。いかにも、って雰囲気が漂ってたぜ。俺を見る顔にな」

「そうなんですか？」

　自分では普通にしていたつもりなんだけど。

「まるであれだ、ほら、結婚するときに娘さんを僕にください、って親に言うような顔をしてたぜ」

「いや、それはないでしょう」

　また手を叩いて笑う。

「いいっていいって。良かったな。奈子の親父は死んじまったからそんなことしないで済むぜ。俺に言えばいいだけさ。さぁ言え。上手くいったってか？　奈子と付き合うことになったってか？」

「えーと」

　頷くしかなかった。やっぱり岡島さんは鋭い。いや、僕が正直者過ぎるんだろうか。本当にそんな雰囲気を漂わせていたんだろうか。やっぱりここは、そういうふうにしなきゃいけないんだろうか。奈子さんにはお父さんがいない。岡島さんが、父親代わりかもしれない。

　背筋を伸ばした。姿勢を正した。

「奈子さんと、お付き合いをさせていただくことになりました」

　そう言って、頭を下げた。すぐに上げて岡島さんを見ると、にっこり笑ってくれた。

「ありがとな」

そう言った。

「嬉しいぜ。とは言っても、きっとそうなるなって思っていたけどな」

「そうなんですか？」

「そうさ。あいつの態度を見りゃわかる。あれは一目惚れってやつだ。もっとも俺が、随分前からキノちゃんのことを話していたせいもあるんだろうけどな」

そうなんだろうか。でも、僕たち二人の間に起こったことを、こうなった経緯を考えるとお互いに一目惚れだったたって結論づけてもいいのかもしれない。

岡島さんが、ゆっくりと煙草を吹かした。

「まぁ、安心したぜ。これでいつポックリ逝ってもいい。キノちゃんなら、安心だ。あの子を任せられる」

「いや、そんなこと言わないで長生きしてください」

昨日の話が頭の中をよぎった。

石垣さんと奈子さんは血が繋がっていない。本当に血の繋がった祖父は、岡島さんしかいないかもしれなくて、そして奈子さんは岡島さんのことが大好きなんだ。

「ヤボなことは言わねぇよ。好き合ったんだから、それこそ若者らしく好きに付き合ってくれや。奈子の母親を泣かせない程度にな」

「はい」

笑って、頷いておいた。

「や、こりゃ楽しみだな。次に奈子が来たときにあいつはどんな顔をするかな。どうからかってやるかな」

悪戯っ子みたいな顔をして、本当に楽しそうな表情を岡島さんは見せた。なったことないからわからないけど、祖父は孫の恋愛に関してはそんなふうに思えるものなのかな。

でも、喜んでもらえることばかりじゃない。これが父親だったらきっと全然違うんだろうけど。

話さなきゃならない。

そう思って岡島さんを見ると、岡島さんも表情を変えた。それから、じっと僕を見て、少し息を吐いた。

「随分と親しくなったって思っていいんだな？」

「そうです」

「あいつと、奈子と腹を割って、いや恋人なんだから違うな。胸の内を開き合う仲になれて、そして何かを聞いたんだな？　奈子から」

「はい」

よし、って岡島さんが言う。一度腰を浮かせて、座り直した。

「何があったんだ奈子に。あいつが腹ん中に抱えている秘密みたいなもんは、なんだ」

僕は、一度息を吐いた。

「奈子さんは、復讐しようとしています」

岡島さんの眼が細くなった。

「奥さんを、奈子さんのお祖母さんを死に追いやった連中を捜し出して、二度と普通の生活ができないように、叩きのめしています」

一度言葉を切った。

「たった一人で」

13

奈子(なこ)さんが僕に教えてくれたことを、そのまま岡島(おかじま)さんに伝えた。

本当に、そのままだ。

でも、僕と繁(しげる)叔父さんとフクさんが知っていることと、話し合っていることは、まずは内緒にした。もしも、岡島さんがどんどん突っ込んできて、もう隠しようもなくなりそうだったら、その場で繁叔父さんを呼んで二人で岡島さんと腹を割って話すことにしようって決めた。何もかも話して出たとこ勝負。

何といっても、岡島さんは奈子さんのお祖父さんなんだ。

血の繋がった家族なんだ。

教えないわけにはいかない。

でも、家族だからこそ内緒にしなきゃいけないこともあるんじゃないかって。だって、もしも石垣さんのことを伝えたら、たとえ確証がないって言ってもその足で岡島さんは石垣家に乗り込んでいくかもしれない。何といっても元は傭兵だった人だ。年寄りとはいってもきっと荒っぽいことにだって慣れている。

奈子さんが自分のやっていることを岡島さんに内緒にしているのも、きっとそういうことを考えてのことだと思う。だから、まずは奈子さんに言われたことだけ教えた。

お祖母さんを死に追いやった連中を捜し出して、叩きのめしている。

この先も続ける。でも、僕にも手伝わせてくれる。

本当にそいつを見つけたら、僕にも連絡をくれる。

岡島さんは、しばらく僕をじっと見つめた後に、下を向いた。

腕を組んで下を向いたまま何かを考えているようだった。そのまま僕も待ったけど、ずっと下を向いたままで呼吸もしてないんじゃないかってぐらいに静かになって、心配になってきた。

「あの」

呼ぼうとしたら、すっ、と岡島さんの右手が動いて、その掌(てのひら)を僕に向けた。待て、ってことだろう。だから、そのまま待った。

何を考えているのか。

岡島さんは、ただの鉄工場の職人じゃない。昔は自衛隊にいてそこから傭兵になった人だ。本当の戦争に、自分の意志で参加した人だ。その手で人を殺してきている。自分も死んでしまうかもしれない戦場に自分から飛び込んでいった経験をしてきている。

きっと僕とは、違う種類の人間なんだと思う。

撮影していると、ときどきそう感じる人はいる。あるいは、撮影されたドキュメンタリーなんかを観ているときだ。たとえば、高層ビルの屋上に行ってその縁(ふち)を歩くような人たち。同じ人間なんだろうけど、感じ方がまるで違うと思う。いつ死んでもおかしくない状況にその身を置いて楽しんでいる人。あるインタビューでそんな人が言っていた。

楽しんでいるように思えるだろうけど、実は怖い。怖いけど、その怖いという感情が自分を興奮させるって。

なんだそれって思った。怖いことは楽しいっていうのはゲームや映画やフィクションの世界でだけだ。自分が絶対に安全である、っていう保証の上で楽しめるところにしかない。それなのにその人は現実に命を落とす可能性がある怖さで興奮している。ある意味では狂気の人だ。

僕とは違う種類の人。

岡島さんは優しいお祖父さんで、いい人だけど、でもきっとそういう人でもあるんだと思う。

「キノちゃんよ」

「はい」

岡島さんは、急に肩の力を抜いて、顔を上げて僕に向かって優しく微笑(ほほえ)んだ。そして、頭を下げた。

「ありがとな」

「いや」

「あれだ、いろいろ悩んだろう。ここに来る前によ。どうやって言おうかとかな」

嘘は言えない。だから、素直に頷いた。

「かなり悩みました」

そうだろうよ、ってまた微笑む。

「俺が変な頼みをしちまったせいで、迷惑掛けちまったけど許してくれな」

「いや、岡島さん。謝らないでください」

困ってしまう。

「僕は、奈子さんを好きになったんです。だから、これは僕の決めたことなんです。何があっても僕の、なんていうか、岡島さんに言われたからじゃなくて、僕の意志で、何もかも僕が背負うものですから」

そうだ。そうなんだ。きっとそういうものだ。岡島さんは、うん、ってゆっくり頷いた。それから、あぁ、って少し大きな声を上げた。

「良かったなぁ」

良かった良かったって、二回繰り返した。

「俺の眼は狂っちゃいなかったな。キノちゃんがよ、きっと奈子の、心っていうか、そういうものを軽くしてくれるってな。ずっとそう思ってたんだよ。あのよ」

「はい」

「きっとな、奈子はキノちゃんに会う前よりずっと気持ちが楽になってるぜ。あの子がキノちゃんの話をするときの嬉しそうな、恥ずかしそうな顔が浮かぶようだぜ。全部キノちゃんのお蔭だ」

そう言って、それから大きな溜息をついた。

「まったくなぁ。あいつはなぁ」

頭をゴシゴシと擦った。何て言っていいかわからないって感じで、頭を横に振った。また考え込んだ。

「叩きのめしたのか」

僕を見てそう言うので、頷いた。

「奈子さんは、そう言ってました」

「あいつ一人でか」

「そうです」

「そうか」

そうか、って繰り返した。そしてまた大きな溜息をついた。

きっと、岡島さんの中でいろんな感情が渦巻いているんだと思う。僕がいなかったら、大声を出して暴れたかもしれない。それか、倒れ込んでじっとしてるか。

とにかく、混乱しているんじゃないか。僕に何を言えばいいのか。自分はどうしたらいいのか。

当然だと思う。

最愛の孫が、自分の妻のために復讐をしてるって聞かされたんだ。

「あの」

うん？　って感じで岡島さんは僕を見た。

「奥さんのことを、訊いていいものでしょうか」

僕が訊いていいことじゃないかもしれないけど。

岡島さんは唇を少し歪めた。何か言おうとして口を開いて、でもすぐに閉じた。

うん、って一度頷いた。

「死んじまったときな」

「はい」

「何よりもまず、驚いた」

そう言ってからもう一度、驚いた、って小さな声で繰り返した。

「悲しむよりもよ、びっくりしちまったのさ。どうしてあいつが自殺しなきゃならねえのかってな。そんな理由がどこにあるよってさ。それで、遺書を読んでまた驚いた。騙されて金を取られたってな。しっかり者だったからよ」

ものすごくな、って続けた。

「俺には過ぎた嫁だったんだよ。でもな、ひょっとしたら俺が気づかねぇうちにボケちまってたのかなって思ったよ。そんな簡単に騙されるなんてよ。とにかく」

ただ、驚いて、情けない自分を恨んだって。

「長年一緒に暮らした女のそういうことに気づけない自分をな。だから、犯人がどうこうよりも、とにかく自分に呆れ返ってた。その向こうで奈子は」

どこか遠くを見るような目付きをした。

「犯人への恨みを募らせていったってことだな。それにも気づけなかった、いや何となくわかってはいたもののそこまで深く考えないで思い至らなかったってのは、やっぱり」

首を横に振った。

「耄碌したジジイってこったな」

そこで何か思い出したように岡島さんは言葉を切って、息を吐いた。

「俺は、怒っちまったな」

「怒った？」

「どうしてそんなことで死ぬんだってな。金なんざ無くたってどうでもなる。何で一言俺に相談しなかったのか。俺はそんなどうしようもない夫だったかってな。かみさんに怒るのと同時に自分にも怒っていた。だから、あれだな。奈子は俺に何にも言えなかったんだろうな」

　また大きく息を吐いて、下を向いた。

「まだ、奈子の復讐は終わってねぇってことだな」

　絞(しぼ)り出すような声で岡島さんは言う。

「はい」

「最終的に、うちのを、かみさんを騙くらかした奴(やつ)はまだ見つかってないってことか。それだけ仲間が大勢いるってことか」

「そうみたいです。でも、今度見つけたときには必ず教えてくれるって言いました。もちろん僕も捜します」

「どうやってあいつは今まで、いや」

　言葉を切った。何度も眼を閉じたり開いたり、唇を歪めたりした。

「とにかく、あいつは、叩きのめしてるんだな。そのチンピラどもの仲間を見つけて」

「そうです」

「訊かねぇよ」

　また大きく息を吐いた。

「どうやってそんな連中を、あいつが、小娘が一人で見つけられているのかなんてのはな。キノちゃんの様子を見りゃあわかる。訊かねぇ方がいいんだろう？」

「はい。でも、岡島さん」

少し、声を大きくした。

「僕は、奈子さんを守ります。守ってみせます」

叔父さんに助けてもらっている立場だけど。

「今も、奈子さんを見守っています。僕だけの力じゃないですけど、とても信用できる人に、僕よりもずっとずっと強い人に助けてもらっています。その人のことを教えてもいいんですけど」

「いや」

掌を広げた。

「そいつも、訊かねぇ。これは、あれだキノちゃん」

「はい」

「野球だ」

「野球？」

突然そんなふうに言われて、眼を丸くしてしまった。

野球？　ってなんだ？

「知ってるよな？　野球」

「もちろん、知ってます」

「やったことあるかい。最近の若いのは草野球をやったことも試合を観たこともないってのが多いっていうけどな」

確かにそうだ。叔父さんも父さんも言っていた。自分たちが小さい頃は草野球をするのがあたりまえだったって。体育の時間にだって野球をやったって。僕たちはそんなことはないけど、父さんが野球好きだったので僕はキャッチボールもやっていた。

「あります。野球観戦にも行ったことありますよ」

「なら、話は早い。たとえば、奈子はピッチャーだ」

ピッチャー。

「そこによ、キノちゃんがキャッチャーとして来てくれたんだよ。まぁ女房役ってのは何だけどまさにそうさ。奈子を見守ってくれてるっていうキノちゃんの仲間もよ、たとえて言えばベンチやコーチャーズボックスにいるコーチだろうよ」

コーチか。まさに繁叔父さんやフクさんの立場はそうかもしれない。ゲームに参加はしてないけれど、僕に作戦や戦い方を教えてくれているんだ。

「ピッチャーってのはよ、いちいちベンチなんか見ないんだよ。自分一人で戦うんだ。キャッチャーを信じてな。もちろんバックで守っている守備陣を信頼しちゃあいるだろうが、自分がデカいのを打たれたら終わりなんだからな。だから、常に孤独なんだ。そういうもんなんだよピッチャーってのは」

そういう意味か。野球って。頷いたら、岡島さんも頷き返して続けた。

「今まで俺は、奈子がどこにいるのかもわからんかった。ピッチャーをしてるってことすら知らなかった男よ。けどよ、こうやってキノちゃんに、奈子がピッチャーをしてるってことも、球場も教えてもらったんだ。教えてもらったんなら、観客になれる。そして今度のゲームが行われる球場さえわかれば、俺はいつでも足を運んで金さえ払えばスタンドで観戦できる。キノちゃんの姿も、ベンチの様子もな。手に取るようにわかるさ。だから、これ以上は何も訊かねぇよ」

言ってることはわかる。そして確かにそうだ。そういうことだ。

でも、引っ掛かった。

金さえ払えば観戦できる、っていうのは。

「岡島さん」

「おう」

「僕に任せてください。絶対に奈子さんを守ります。これ以上危ない真似(まね)はさせたくありませんけど、でも僕がそう言ったところで奈子さんは止(や)めないと思います」

岡島さんは、苦笑(にがわら)いした。

「だな。そういう子だよ。キノちゃんもこれから苦労するぞ。いや、その叩きのめすのとは違う場面でよ。夫婦喧嘩なんか必ず負けちまうぞ」

「覚悟してます。いや、そういうことじゃなくて」

それはまだ早過ぎる。

「観戦するって、どういうことですか。奈子さんを止める気ですか」

もしもそれで奈子さんが止めてくれるなら、僕としては安心はできるんだけど、でもきっとそれだけじゃ事は終わらない。

あぁ、って感じで岡島さんは薄く笑った。

「孫娘が危ないことをしてるってのに、それを止めねぇ祖父さんなんかこの世にいないだろうよ」

「確かにそうですけど、僕は奈子さんに約束しました。誰にも言わないって。でも、岡島さんとも約束しました。奈子さんの心の中にあるものを探るって。だからこうして話しましたけど」

「わかってる」

息を吐いた。大きな溜息だ。

「仮によ、俺が奈子に全部知ってるぞそんなこたぁ止めろって言ったってあいつは聞きやしねぇさ。むしろ、それっきり俺の前には顔を出さなくなるだろう。そして俺だってあいつを四六時中見張っていられるはずもねぇ。ましてや」

唇を歪めた。

「絢子に、娘に、あぁ奈子の母親だな。あいつに告げ口なんかもできない。んなことしたらあいつは卒倒して倒れるか、逆に奈子と一緒にクソ連中を叩きのめすって言い出しかねない」

そうか。岡島さんはそんなことを言っていた。娘さん、奈子さんのお母さんも奈子さんと同じような性格だって。

「だからよ」

僕を見た。見つめた。

「俺から奈子にこの件について話をすることはない。それは約束するよ。その代わりと言っちゃあなんだが、キノちゃんよ」

「はい」

「必ず、守ってくれよ。奈子を」

「約束します」

全力で、守る。

「それからな、ひとつだけ、奈子に内緒で教えてくれ」

「何をですか？」

「見つけたときだ」

見つけたとき。

「キノちゃんには約束したんだろう？　そいつが見つかったら必ず教えるって」

「はい」

約束してくれた。

「俺にも、教えてくれ」

岡島さんは、また頭を下げた。

「何をしようってんじゃない。覚悟を決めたいのさ」

覚悟。

「覚悟って」

訊いたら、眼を閉じた。眼を閉じて、少し考えるふうにして、それから眼を開けて僕を見た。

「孫がどうなろうとも、てめぇの中できっちり片を付ける覚悟さ」

☆

僕が岡島さんに会ってきた次の日の夜だ。

講義が終わってまっすぐ叔父さんの店に来た。父さんには、最近は叔父さんの仲間の、つまりホームレスの人や、街の裏側を歩くような人たちを撮影してるんだって伝えてある。自分の作品として。だから、こっちに泊まることがあるかもしれないって。

それだけじゃあ父さんが変に思うかもしれないので、実はそれとは別に彼女ができたって話もした。そんなこと言わなくたっていいことだけど、父親は息子に彼女ができると嬉しく思うもんじゃないか。それで、デートしてたら遅くなったとかの嘘もつける。嘘をつく必要はないんだけど、奈子さんを手伝うんならいきなり夜中に飛び出すことだってあるかもしれない。だったら、ちょっと彼女と会ってくるって言って出て行ける。子供じゃないんだからそんな予防線張ることもないとは思うけど、張らないより張っておいた方がいい。

普通のお客さんが帰っていって、店の中が静かになった八時頃、二人でカウンターに並んで座った。まだテーブル席にお客さんはいるけど、普通の声で話している分には聞こえない。

岡島さんの様子を話したら、そうね、って繁叔父さんは頷いた。

「やっぱりあれね。岡島さんは並みの人間じゃないわ」

「僕も、改めてそう思った」

「そしてね、英志(えいじ)ちゃんも気づいていると思うけど」

「うん」

気づいていた。気づかない方が無理だ。

「岡島さんは、何かやる気よ。そのときに」

「そうだと思う」

奈子さんが、お祖母さんを死に追いやった犯人を見つけたとき。そいつを叩きのめしに行くとき。僕に教えてくれる。そして僕は岡島さんに教える。

そのとき。

「岡島さんは自分の手で復讐しようとするよね」

言ったら、叔父さんも頷いた。

「間違いなくね。老いたりとはいえ元傭兵よ。だから、何も訊かなかったのよ。いろんな疑問をね。すべてをその瞬間のために動く気なのよ。覚悟っていうのは、誤魔化していたけどそういうことよ」

「石垣さんを、向こうのお祖父さんが関係してるって絶対に気づくよね」

「そう思わない方が不思議ね」

でも、岡島さんは騒がなかった。今ここで騒いだところで何にもならないっていうのを、あのときに思ったんだ。だから、ぐっと全部堪えた。

繁叔父さんが、うーん、って唸った。

「いざってときには、岡島さんにも見張りをつけなきゃ駄目かもね」

そう思っていた。

「人手は何とかなる？」

訊いたら、頷いた。

「見張るだけならね。金さえ払えば動いてくれるのもいるわよ」

「僕が払ってもいいよ」

パン！　って腕の辺りを叩かれた。

「ガキがそんな心配するんじゃないわよ。奈子ちゃんからは？　ちゃんと連絡してる？」

「大丈夫」

スマホを見せた。

「さっきもラインで連絡来た。今日は九時半までバイトだって」

「その後は？」

「今日は家に帰るって。録画が溜まっているからって」

「録画？」

「ドラマの。お母さんと一緒に観るんだって」

お母さんとは仲良しだって聞いた。

「いつも、観たいドラマが一緒だから録画してあるんだってさ。お母さんが早くそれを観たいって。だから会いたいけど今日は帰るからって」

「なるほど」

叔父さんが、にっこり笑った。

「いい家族みたいね」

「そう思った」

「石垣さんの、もう一人のお祖父さんの話って奈子ちゃんはまったくしないんでしょ？」

「まったくってこともないけど、そもそもお祖父さんはどんな人？　って恋人同士であんまりしないでしょ」

「確かにね」

そこで、お客さんが立ち上がったので叔父さんはレジに行った。見回したら、最後のお客さんだった。ありがとうございましたー、って叔父さんは言ってそのまま行灯(あんどん)を消した。

「閉めるの？」

頷いて、壁の時計を見た。

「そろそろフクちゃんも来る頃よ。いろいろ対策は練(ね)りたいからね」

もちろんフクさんにも岡島さんに何もかも話したことを教えた。フクさんも、煙草を吸いながらそれを聞いて、頷いた。

「まぁそうなるよな。ちょっとな、調べてみたんだ」

「調べた？」

「何を？」

叔父さんと二人で同時に訊いた。フクさんは肩を竦めてみせた。

「岡島さんの過去だよ。元自衛官で傭兵になった男なんて、そうそういない。そっち方面を調べてもらったんだ。もちろん、今回の件とはまったく無関係だってことにしてな」

「どうだったの？　事実だったんでしょう？」

フクさんは頷いた。

「むろん、傭兵時代のことまではわからん。そこまで調べようと思ったら大事になるからな。確かに岡島さんは自衛隊に所属していた。その頃なんか自衛隊は発足してすぐの頃だ。詳細は辿れなかったが」

「年齢的なことを考えればそうなるわね。本当に筋金入りって感じね」

「だろうよ。間違いなく、何かやらかすだろうよ」

「もしも」

思わず言ってしまった。

「岡島さんが、半グレたちを殺そうとしたら」

叔父さんもフクさんも、顔を顰めた。

「考えられるわね」

叔父さんが言う。

「奈子ちゃんだって、今までは再起不能にさせるだけで済ませていたけど、もしも本当に直接お祖母さんを死に追いやった男が現れたら頭に血が上って何をするかわからないわよ」

「そこに傭兵上がりの祖父さんが加わるんだ。はっきり言って俺にはどうにもできん。ましてや石垣さんが加わるんだ。見て見ぬふりをして、せいぜいが奈子ちゃんをその場から連れ出すことぐらいか」

それにしたって、ってフクさんは続けた。

「石垣さんが後ろにいるんだ。それぐらいのことは考えているだろう。ってことは鉢合わせは避けたいから、本当に見ているだけになっちまう」

「絶対に、殺させちゃいけないわ」

叔父さんが言った。

「復讐はいいわよ。私だって奈子ちゃんの気持ちはわかるわ。叩きのめすぐらい何よ。それで済んで良かったって思ってほしいわよ。でも、殺すのは絶対駄目。奈子ちゃんの人生がそこで終わっちゃう」

もちろんだ。

「そこは、あれだ」

フクさんが言った。

「英志ちゃんが見ていると思えば、奈子ちゃんは冷静になれるだろうさ。まぁ約束を守ってくれたらの話だけどな」

叔父さんも僕も頷いた。

そこは、信じたい。信じなきゃならない。

「どう考えても、私たちにできることはひとつね。ただ、見張ること。奈子ちゃんと岡島さんを。その日に向けて」

そうだな、ってフクさんも頷いた。

「それが、ベストだ。石垣さんの周りで動くわけにはいかない。間違いなくその日が、Xデーがやってくる。やってきたら、奈子ちゃんと岡島さんを見張る。誰にも悟られないように。そして」

「もしも、岡島さんが何かをしそうだったら、止める」

「そうね。そこは任せておいて。私がやるわ」

「叔父さんが？」

僕を見て、頷いた。

「昔取った杵柄（きねづか）ってやつよ。老人一人止めれなくて何が〈虎繁（とらしげ）〉よ」

「とらしげ？」

何だそれって思ったら、フクさんが苦笑した。

「昔のあだ名さ。シゲちゃんのな」

そんなあだ名があったのか。

「身体張って止めるわよ。だから、奈子ちゃんの方は英志ちゃんがやるのよ」

頷いた。

「フクちゃんは、英志ちゃんを守ってよ」

「何とかする。しかし悪いが俺はいざというときは保身に走るからな。立場を守りたいんでな」

「そんなの、フクちゃんなら何とでもできるでしょう。足のつかない拳銃（けんじゅう）なんてあんたんところに山ほどあるでしょ。そいつを一丁持ってくれれば済むんでしょ」

拳銃？

フクさんが顔を顰めて、叔父さんが笑った。

「フクちゃんはね、こう見えても射撃の名手よ」

「そうなんですか？」

フクさんが、唸った。

「期待するなよ。それはもう本当に最終手段だ。たとえば、奈子ちゃんが返り討ちに遭いそうになったとする。そうしたら英志ちゃんは飛び出すだろう。もしそこに岡島さんがいて飛び出そうとしたらシゲちゃんが止める。そして俺は英志ちゃんがやられる前に、見えないところから銃で撃つ。撃って逃げる。どうしたって周りに石垣さんやその仲間がいるんだろうからな。見られないようにケツ捲って逃げる」

「それで、その場にたとえ英志ちゃんや岡島さんが現れたとしても、奈子ちゃんが教えたってことで石垣さんを煙に巻くってことでしょ」

「そういうことだ。そうさせてもらえないと、俺は参加できない。銃で撃ったら、相手が倒れたら、もうそれは真っ当な警察の出番だ。石垣さんが何かする前に機捜が現着したなら、いくら石垣さんでも誤魔化しようがない。あの人だって後ろ暗いことしてるんだからさっさと逃げる」

「機捜の方には手を回してくれるんでしょ？」

フクさんは、顔を顰めながら頷いた。

「何とかする。情報屋を使って密告させるとか、方法は何通りかある」

そう言って、大きな溜息をついた。

「仮に奈子ちゃんと英志ちゃんが機捜隊に保護されたとしても、カップルでデートしていたら襲われたって口裏合わせりゃいい。半グレどもは自分たちの抗争で正体不明の拳銃で撃たれたってことで終わらせる。岡島さんは何としても止めてくれよ。それで丸く収まって、石垣さんが黙っててくれりゃあ、御の字だ。もし黙っててくれなけりゃ、相撃ち覚悟で全部ぶちまけるだけだ。どうなるかは、わからん」

14

その日がいつ来るのかは、誰にもわからなかった。

僕たちはもちろんだけど、奈子さんにも、そしてたぶん奈子さんの向こう側にいる祖父の石垣さんにもわからないはずだ。

僕は就職活動もしなきゃならない大学生だったし、奈子さんにはジムでのトレーナーとしてのアルバイトがあった。繁叔父さんにはお店があったし、フクさんはもちろん警察関係の公務員だ。

それぞれにやることがあった。

あたりまえだ。暮らしってものがあるんだ。

奈子さんだってずっと一日中お祖母さんの復讐を考えて生きているわけじゃない。毎日毎日の普通の暮らしがあって、それを楽しみながら、それでも、お祖母さんの仇を取りたいって思ってやってきたんだ。

奈子さんを守ると決めて、そして恋人になった僕には二人の将来の希望だってあった。もう僕は奈子さんとこのままずっと一緒にいるんじゃないかって思っていた。まだ奈子さんには言ってなかったけどそう決めていた。

だから、家に連れて行って父さんにも紹介したんだ。

今、付き合っている彼女ですって。

父さんはすごく、いやちょっと僕が引くぐらいに喜んでいたんだ。人が変わったみたいに饒舌になって、本当に嬉しそうだった。

せっかくだからって、大したものじゃないけど父さんと僕で晩ご飯を作って食べたんだけど、そこで父さんは母さんの話も、いろいろと奈子さんに話した。もちろん僕が大体は話していたから、母さんの闘病のことや、残された僕と父さんのけっこう大変だった日々のことについて聞かされても奈子さんは驚きはしなかったけれど、後からすごく喜んでいたんだ。僕の父さんと話ができたことや、そんなふうに全部話してくれたことを。

そして、母さんの仏前に手を合わせることができたことを。

駅まで送る道すがら、奈子さんは言った。「英志くんを産んでくれた人だから」って。父さんと母さんがいて愛し合わなかったら僕は生まれていなかった。そして出会えなかったって。本当は会ってお話をしたかったけれど、もちろんそれはできないんだからしょうがないんだけど、お線香をあげることができて本当に嬉しかったって。

「良い子だ」

奈子さんを送って、また次に会う日を約束して家に戻ってきたら、父さんがそう言った。また嬉しそうににこにこしながら。

「そんなふうに思うのはまだ早いのはわかってるが、本当に良い子だ。ああいう子がお嫁さんになってくれたら本当に嬉しいな」

父さんが喜んでいるのを見て、実は僕も嬉しくなっていた。こんな父さんを見るのは初めてだったからだ。叔父さんも奈子さんを紹介したときに本当に喜んでいたけれど、父さんはそれ以上だった。

「年上だけどね」

「そんなのは関係ない」

父さんが言った。

「いや、たとえば十何歳も上でしかも再婚で子持ちだ、なんていう女性を連れてきて結婚すると言ったらそりゃあ少しは親として反対するかもしれないが」

「するんだ」

そりゃあそうだ、と、父さんは真面目な顔をした。

「年寄りの長所は経験値があるってことだ。それでいくと、父さんは知っている。そういう結婚は上手くいかないパターンが多いってことが」

「まぁそうかもね」

それは僕だってそう思う。

「親としては、子供にはできれば何の障害もない人生を歩んでほしい。そう願うのが普通だ。自分の人生がいろんな障害で満ちていたのをわかっているからな」

だから、子供にはそんな苦労はさせたくないんだって。

わかるから、頷いた。

僕も知っていたからだ。

身体の弱かった僕に、そんなふうに産んでしまって本当に済まなかったって父さんと母さんがずっと思っていたのを、叔父さんに聞かされている。どんなに大切に思いながら僕を育ててくれてたのかを。

父さんの人生にいろんなことがあったのを僕は知っている。息子である僕の心臓が悪くて苦労を掛けたことも、母さんが突然のように死んでしまったことも、それから一人で僕を育てたことも。大好きだった仕事の写真館を畳んでしまったことも。慣れない仕事をずっとやっていることも。

本当に苦労の連続じゃないかって。それでもこうして生きて、僕をここまで育ててくれたことには本当に感謝している。

「まぁまだ若いからな」

父さんが笑いながら続けた。

「ふられたり、ふったりして別れるようなことになったらそれはそれでしょうがないけどな。でも大切にしてやれよ」

もちろんだ。

「わかってる」

絶対に、守るつもりなんだ。父さん。

それから、二ヶ月半、三ヶ月近く。

何も起こらなかったんだ。

季節は梅雨が終わって夏になって、そろそろ晩夏と呼ばれる頃になろうとしていた。その間ずっと僕と叔父さんとフクさんは、その日のために何度も何度も叔父さんの店で三人で会っていた。いざというときにはどうするかっていうシミュレーションを頭の中で考えて話し合っていた。

もちろんその話ばかりじゃなくて、単なる男同士のくだらない話もたくさんしていた。

叔父さんとフクさんが出会った当時の話や、もしも奈子さんとケンカしたときにはどうやって謝ったらいいかとか、浮気したらどうやって隠せばいいか女はとにかく勘がいいからな、難しいんだこれがとか、お酒を飲みながら笑いながら話していた。

そして僕は就職活動をそんなに熱心にしないうちに、就職を内内定させてしまった。

フクさんがその話を持ってきてくれたんだ。

知り合いが調査会社をやっていて、そこで優秀な調査員、もちろん写真や動画に詳しい若いのを欲しがっているから、面接を受けてみないかって。

調査会社といっても探偵とかそういうのじゃなくて、いわゆる環境調査をする会社だ。

海や川、生物や動物や植物。とにかく地球上のありとあらゆる環境を調査して記録して様々な検査や実験をして、報告をする会社。当然、記録として映像は重要なものだ。そこの会社は官公庁と付き合いも深くて、その関係でフクさんの知り合いもいるらしい。

「真面目で根気強くておまけにカメラにも詳しくセンスもいい、って話したらそれはぜひ面接したいってさ。そこの会社は記録映画も作っている。英志くんのセンスも発揮できると思うぞ」

フクさんがそう言ってくれたんだ。

僕にしたら願ったり叶ったりの仕事だ。カメラマン志望だけど、特別な才能があるわけじゃない。でも、できればそれを一生の仕事にしたかった。なので、すぐにお願いしますって頼んだ。

今までに撮った写真や映像、履歴書、もちろん岡島さんを撮ったあの映像も持って面接に行って、あっさり内内定してしまった。そこでバイトもさせてくれることになった。つまりバイト待遇でずっと仕事をして、再来年の三月、大学を卒業したらそのままそこで正社員として働き始める。父さんも喜んでくれて、久しぶりに叔父さんと三人で会ってお祝いの食事会もした。

叔父さんと父さんの間に流れる微妙な空気は、もうそれが普通のものになっている。そもそもが仲が良い兄弟だったんだから、僕が怪我をしたあの事件だって遠い過去の話だ。こうやって叔父さんの知り合いを通じて就職が決まったことにも、父さんは感謝していた。繁は俺より顔が広いから助かるって。

その間に、奈子さんもバイトしていたスポーツジムで正式に契約社員として採用されることになったんだ。お給料も上がるし何よりもずっとスポーツに、身体を動かすことに関わって生きていけるって喜んでいた。

もちろん、僕たちもずっと会っていた。一週間に三回は必ず会っていた。そして二人とも仕事が決まったものだから、傍から見たら何の問題もない恋人同士に思えたはずだ。順風満帆でもう何年もしないうちに結婚まで行くんじゃないかって。

実際、西田さんと東田さんにもそう言われた。

恋人同士になったことを二人に隠せるはずもないし、皆で一緒にご飯を食べてお風呂に入ってすっかり友達になっていたんだから。あの後も何回か四人で会ってご飯とかしていたんだ。

奈子さんは二つ上だから、僕が卒業して三年も働いて社会人として落ち着く頃には二十七歳。ちょうどいいじゃないって。

僕も奈子さんも、二人で照れながらもそれに頷いていた。

胸の奥にあるあのことを、しっかりと隠しながら。

この平穏で幸せな日々の裏側では、その日が来るのをずっと待っているんだってことを。

そういう意味では、奈子さんの方が割り切っていたのかもしれない。お祖母さんの復讐をやり遂げる。その上で、僕とずっと一緒にいたい。そういうふうにすっぱりと切り替えていたと思う。

僕は、もちろん叔父さんもフクさんもだけど、たぶん何もかも知っているのを奈子さんに隠しながら、ずっと奈子さんからその連絡を待ち続けていた。それこそ、割り切れない思いを抱えながら。僕は暇さえあれば、あのタトゥーをした男がいないかどうかを捜していた。

奈子さんと二人でいるときにも、その話をすることはなかった。お互いに避けていた。その話をするときにはもう、そのときなんだって思っていた。

気になることも、ひとつ増えていた。

奈子さんは僕の家に来て父さんと会っていたけど、僕は奈子さんの家に行ったことがなかった。お母さんとはもう三回、外で一緒に食事はしてすっかり仲良くなれたんだけど、家には行っていない。

つまり、石垣さんとは僕はまだ会えず仕舞いだったんだ。お母さんには会っているんだから、僕からお祖父さんお祖母さんに会いに家に行きたいというのはちょっと変だし、奈子さんも家に来てほしいとは言わなかった。

そして、岡島さんも。

奈子さんと二人で会いにも行ったし、一緒にご飯も食べた。二人きりでまた銭湯にも行ったんだけど、でも、あの話は何もしなかった。それまでのようによくおしゃべりするいつもの岡島さんでしかなかった。仕事の方も、ちょっと引き受けた仕事が混んでしまって忙しくしているみたいだった。

もうこのまま、何事もなく過ぎていった方がいい。

奈子さんも復讐なんか忘れちゃったんじゃないか、そうしてくれた方がいいのに、なんて叔父さんとフクさんと、そんな会話が続くようになった頃だ。

その日が、来たんだ。

日曜日だった。

大学はもちろん休みだけど奈子さんは五時まで仕事だった。だから、晩ご飯を一緒に食べようって話していた。叔父さんのところで食べるかそれともどこか美味(おい)しいカレー屋さんを探すか後で決めようってなっていた。

じゃあ五時まで何をしていようか、また渋谷か新宿か人混みのところに出かけていってタトゥーの男を捜すかどうするかって考えながら、部屋の掃除や洗濯をしていた。

父さんが遅番で仕事に出かけるので、二人で昼ご飯を適当に昨夜の残り物で済ませて、じゃあカメラを担いで外に行こうかなと思っていたときだ。

奈子さんからラインが来た。

【今夜、文京区大塚公園。午後十時】

心臓が一度大きく弾けるように動いたような気がした。

【わかりました。行きます】

すぐに返したけど、奈子さんは何も言ってこない。本当にやるんだね？　とか、止めた方がいいとか、そういう言葉は掛けられない。

何があろうと奈子さんはやるんだ。

【信じているから。奈子さんも僕を信じて】

待ったけど、奈子さんは何も言ってこない。もう一度送ろうと思ったら、入った。

【私も信じてる】

【もうこうやって連絡しない方がいい？】

【そうしてください】

【わかった。終わったら連絡を待ってるから】

しばらく待った。

【ありがとう。きっと連絡する】

それっきり、奈子さんは何も送ってこなかった。

慌てて公園はどこかをスマホでググろうとしたけど、思い直してパソコンで開いた。Googleマップで確認する。

「ここか」

全然馴染(なじ)みのない場所だ。けっこう大きな公園だった。周りをストリートビューでじっくり見る。大きな通りもあるし、周りには学校や病院もある。マンションもある。こんなところで。

「いや」

最初に奈子さんを見たときも、こんなところで、って思ったんだ。それにこの公園も逃げようと思えばいくらでも逃げられる。この場所の選定はどうやっているんだろう。そもそもどうやって半グレたちを呼び出すのか。

考えてもわからない疑問が頭の中をぐるぐるしている。

「いけない」

叔父さんに電話だ。すぐに、動いてもらわないと。

☆

電話したらすぐに店を閉めて、叔父さんは待っていてくれた。

「フクちゃんにもメールしておいたわ。向こうは向こうで準備して、何をどうしたかは後で連絡くれるから」

「うん」

繁叔父さんの店でもストリートビューで公園の様子を確認しながら話していた。叔父さんは難しい顔してじっと見ている。

「一度現地に行っておいた方がいいわね。明るいうちに」

「僕もそう思う」

叔父さんは、頷（うなず）きながら煙草（たばこ）に火を点（つ）けた。

「奈子ちゃんは行ったことあるのかしら」

「わからないよ」

そうよね、って叔父さんは続けた。

「でも、そうね。何があるか、誰が動いているのかわからない。このまま私や英志ちゃんが公園をうろつくのは良くないかもしれないわね」

「監視？」

「そうよ」

叔父さんが煙を吐（は）いた。

「石垣さんを見張っている連中だっているのよ。もちろん英志ちゃんのこともね。フクちゃんはただ見ているだけでその辺には何も手出しできないわ。この話が出てからけっこう経（た）っているから今もやっているかどうかはわからない。でも、だからこそ慎重にならないとね。まともには行けないわ」

「変装、っていうのは無理だよね」

半分冗談で言ったんだけど、叔父さんはちょっと考えた。

「二人とも七三分けしてスーツに着替えて営業のサラリーマンが公園を歩いているとかね。それはありだと思うけど、でも、できるだけ、何かが起こる可能性は排除した方がいいのよ」

「そうだね」

難しい顔をした。

「この辺りのマンションなら公園を見下ろせるわね」

ディスプレイを指差しながら言った。

「確かに」

「友人知人、とにかくあたれるところは全部あたって、このマンションの中に、できれば部屋に入って公園を観察できるところはないかどうか探すわ。そうすれば、ここからタクシーでここまで行ってその部屋の中で公園を観ながら打ち合わせできる。さも知り合いの家に来たみたいにね。とにかく十時まで、そのときが来るまで事態を余計な方向に引っ張らないようにすることを考えながら、できる準備は全部するの」

僕も頷いた。それがベストだと思う。

石垣さんが、奈子さんを動かしている。だから、石垣さんの手の内の人間がいるのは間違いない。その石垣さんを監視している人もいる。同時に僕の動きを捕捉する人もいる。

いや、いないのかもしれないけど、用心するに越したことはない。

「岡島さんにはまだ連絡していないわね？」

「してない」

事前に決めておいたんだ。何も連絡しないわけにはいかない。そんなことをして、もしも、何かあったときには、岡島さんにとんでもない後悔をさせることになる。僕たちも、後悔する。

たくさんの人間の人生にとてつもなく重いものを背負わせてしまうことになる。何もしなかった後悔よりも、何かをした結果による後悔を選ぶ。そうやって決めた。

「ギリギリに電話よ」

叔父さんが言う。

「余計なことをさせないために、間に合うか間に合わないかっていう時間に連絡するのよ。大田区の大鳥居駅だった？　岡島さんのところの最寄り駅は」

「そう」

「電車ならどれぐらい掛かる？　一時間ぐらい？」

すぐにマップに入力して検索する。

「そうだね。それぐらい掛かる。駅まで歩くことを考えたら一時間半ぐらいは掛かるかも」

「車はもう運転してないのよね」

「そう言っていたけど、軽トラックは持ってる」

すぐに車でのルートも検索した。

「一時間弱かな」

叔父さんが頷いた。

「どうしましょうね。どっちで動くかは岡島さん次第だし、見張りはつけるからすぐにわかるけど」

微妙なところだ。車で動くか電車や地下鉄で動くかで三十分も違う。二人で考えてしまった。

「しょうがないわね。祖父の岡島さんに悲しい思いはさせたくないわ。ということは、午後十時なんだから、そうね八時半ぐらいかしら。それぐらいに電話しましょう」

「そうだね」

それで、交通機関を使って動くなら、公園にはギリギリだ。

「こっちも車を用意するわ。運転手付きでね」

「何があっても対応できるように？」

「そうよ。何よりも時間前に着いて、じっくり観察できるところの確保よね。ここの公園が夜に、その時間にどうなっているかまったくわからないから」

「普通に考えれば、近所の人が犬の散歩ぐらいはしているかもね」

「ポケモンを探している人でごった返していればいいのにね。そうしたら何もできないで終わるのに」

そんなことはないと思う。奈子さんの後ろに石垣さんがいるんなら、そういうのもちゃんと考えているはずだ。

叔父さんが僕を見た。

「遠くから観察していなさい、っていうのは無理よね」

「無理だね」

「そうよね」

溜息(ためいき)をついた。

「やっぱり車が必要ね。できれば、ずっと停まっていても怪しまれないような車。それと、マンションに住んでいる人間」

繁叔父さんは四方八方手を尽くして公園の周りにあるマンションや住宅に知り合

い、もしくは知り合いの知り合いがいないかどうかを探してくれたけど、いなかった。

それはそうだと思う。そんなに上手く進んだら世の中苦労しない。

でも、フクさんから連絡が来てその辺を解決できた。

「よくこんなもの用意できたわね」

「人徳だ」

灰色の作業着を着て、軍手をしてハンドルを握っているフクさんが言った。

「どういう人徳？」

助手席に乗って、やっぱり同じく灰色の、しかもけっこう着古している作業着を着ている叔父さんが訊いた。叔父さんも軍手をしている。

僕もだ。作業着を着て、最初から軍手をして後ろの座席に座っている。軍手を最初っからしているのは、この車に指紋を残さないように。

「たまたまなんだ。この車はもう廃車になることになっていた」

「そんな感じよね」

そう思った。きっともう二十年ぐらい経っていそうな、古いしあちこち汚れているしへこんでいるし、そして煙草臭いし。

「廃車になることになっていたが、都民の税金で揃えたものを簡単にほいほいと廃棄はできない。然るべき手続きを取って公平な機会と料金で業者に引き取ってもらうことになっていたんだが」

「それが何かの事情で進んでいなかったのね」

「その通り」

フクさんが軍手の指に煙草を挟んでにやりと笑った。

「駐車場の奥に何年も放置されていたものを、ふと、そいつが思い出した。しかもお誂え向きにもともとの東京都建設局のマークが入った車だ。ちょいとパソコンで〈公園緑地部〉とでもシールを印刷して貼っておけばしばらくの間は誤魔化せるし、誰も気にも留めない」

「で、この臭い作業着も？」

そうなんだ。臭いんだ。できればすぐにも脱ぎたいぐらいに。

「これは実はお馴染みのところの愛用品だ」

フクさんが言うと、叔父さんがニヤリと笑った。

「公には言えないような部署さんの変装道具なのね」

「その通り」

言えないような部署。何となくはわかるけれど。

「そんなの持ってきて大丈夫なの？」

訊いたら、フクさんは頷いた。

「心配するな。もともとは押収品だ」

「押収品？」

そうだ、ってフクさんは笑った。

「質流れ品と一緒だ。警察やその他の機関が何らかの理由で押収したものは倉庫に保管される。保管して返却できるものはするが、できなくなって用済みになったものをどうするかっていうと、大抵は確認した上で破棄される。だが、こういう使い回しできる便利なものはこっそりそういう部署とかが引き取ってくれる。いつか使えるってな。なので、その辺の段ボールとかに山積みになっているのさ」

「そんなものなの？」

思わず言ったら、叔父さんが笑った。

「世の中の仕組みはそんなものよ。きっちりしているところはしてるけど、してないところはしてない。大学だってそうでしょ？　部費で買ったものだけどいつのまにか誰かが自分のものにしたりしていない？」

「それは、そうだね」

確かにそうだ。部費で買ったんだから代々その部に受け継がれなきゃダメだけど、古くなったものなんかは誰かが引き取ったりもしている。

「それで世の中が上手く回るんだったら、目くじら立てるものでもないのよ。そろそろかしら？」

叔父さんが言った。

「そうだな。あぁ、あそこだ」

時刻は、午後八時。

大塚公園が見えた。

周囲のどこかに車を停めるのかと思ったら、フクさんと叔父さんは堂々と公園の中に、車が入っていけないところに入り込んでいって停めた。しかもあの赤い三角コーンも周りに置いた。

「いいの？」

「いいのよ」

叔父さんが頷いた。

「こういうのは堂々としておけば誰も不審に思わないの。あぁ何か整備か点検で入っているんだなって。こそこそするから目立つのよ」

確かにそうだ。撮影をするときも、堂々と正面から撮っていればあんまり言われないし逆に目立たない。あぁ何かの撮影をしているんだな、で済んでしまう。

「俺はずっとここにいる。外から見られないようにな」

フクさんがそう言って後ろの座席に移ってきた。

「周囲の観察はこれでするから安心してくれ」

取り出したのは、車のルームミラーに棒をつけたようなもの。なるほど、って思った。

「じゃあ、私たちは公園を回ってきましょう。どこで始まるのかはわからないけど、少なくとも周囲から見えないようなところでしょう」

「そうだね」

叔父さんと二人で外に出た。

公園の中は意外と明るいけど、やっぱり暗いところもある。木がたくさん並んで林のようになっているところもある。

「ああいうところなら、一瞬騒いだところで誰もわからないでしょうよ」

そう思う。実際、最初に奈子さんを見たのも、そういうところだったんだ。

「十時になる頃には、それらしいところに分かれて見張りましょう。奈子ちゃんが来たのを見つけたら、すぐに連絡し合うの」

「了解」

緊張感には、慣れている。撮影するのっていつも緊張するんだ。失敗しても撮り直しは利くけど、そのときに狙ったものはもう失われる。だから、一瞬一瞬を撮り逃さないように常に緊張している。

緊張じゃないが、気を張っている。だから、今も特にいつもとは違うとは思っていない。撮影するときと同じ心構え。

「そろそろ岡島さんに電話するよ」

「そうね」

スマホを取り出して、岡島さんの家の電話に掛ける。

五回鳴って、岡島さんが出た。

「もしもし」

(おう、キノちゃんか)

いつもと変わらない、岡島さんの声。

「あの、連絡が来ました」

そう言うと、電話の向こうの岡島さんの気配が変わったような気がした。そんなのわかるはずないんだけど。

(そうか。どこだい?)

「文京区の大塚公園というところです」

一拍間が空いた。

（そうか、そんなところかい）

「知ってるんですか？」

（近くに納品とか行ったことあるな。大体わかる）

「あの」

言おうとした。僕が絶対に奈子さんを守るから、待っていてくださいって。

（心配するな、キノちゃんよ）

岡島さんが言った。

（ケジメ付けるだけだ。キノちゃんにももちろん奈子にも迷惑はかけねぇ。安心してくれ。じゃあな。ありがとよ）

「もしもし」

電話が切れてしまった。僕の様子を見てすぐに叔父さんがスマホで何か打っていた。ディスプレイを見て、頷いていた。

「大丈夫よ。ちゃんと見張らせているから。あ」

「なに？」

叔父さんは顔を顰めた。

「車で出ようとしているって。シャッターが開いたって」

二人で溜息をついてしまった。やっぱりここに来る気なんだ。

「しょうがないわよ。想定内。あとは私と見張っている人間で上手くやるから、英志ちゃんは奈子ちゃんだけ見ていなさい」

「わかった」

ぐるっと公園を回って、大体の当たりをつけてから車に戻った。そしてフクさんと打ち合わせして、待った。

岡島さんを見張っていた叔父さんの仲間から、岡島さんが着いたことを教えてくれた。

車を駐車場に停めて、岡島さんは公園の周りをうろうろしているって。

僕と繁叔父さんは二手に分かれて、それぞれ建物の陰と木の陰に隠れていた。

公園の中に人はいない。さっき犬の散歩をしている人がいたけどもういなくなった。

他に怪しい人がいないかどうか見ているんだけど、少なくとも僕も叔父さんも発見はできなかった。

半グレみたいな連中の姿も、まだなかった。

午後十時十五分前。フクさんからラインが入った。

【来たぞ。奈子ちゃんが車から降りた。間違いない、石垣さんも乗っている】

15

その音は、三回、聞こえた。

三回。

いや、三発。

三人の男が、呻(うめ)き声を上げて、倒れた。

男の近くにいた奈子(なこ)さんは、一瞬動きを止めて、何が起こったのかわからないって感じでそれを見つめて、それから男たちに駆け寄ろうかそれとも、って感じで辺りを見ていた。

僕は、男たちが倒れた瞬間に走り出していたんだ。

奈子さんに向かって。

落ち着いていた。何も慌(あわ)てていなかった。男たちがやられるっていうのはもう想定内だったから急に倒れたところで何も驚かなかった。奈子さんにやられる前に倒れたのは確かに少し驚いたけど、それがどうしてなのかを考える前にもう走り出していた。

奈子さんを助けなきゃならない。

その気持ちだけだった。

奈子さんが僕の足音を聞いて思わず振り返って体勢を整えたけど、すぐに僕だってわかったみたいだった。

（こっちへ！）

手を差し出すと、奈子さんは足元にあった赤いバックパックを右手で拾うと同時に左手で僕の手を握った。

二人で、走り出した。向こうで繁叔父さんも車に向かって走っているのがわかった。車のある場所までたぶん一分ぐらい。走っている間に自分の感覚が研ぎ澄まされているのがわかった。耳を、どんな音でも聞き逃さないように澄ましていた。眼は、視界の中で動くもの全部に反応するようになっていた。

でも、その場にそぐわないような音は何にも聞こえなかったし、視界の中で動くものは何も見えなかった。

そのままフクさんが待っている車に向かって、フクさんがもうドアを開けて三角コーンを片づけていたので飛び乗るように中に入った。後から飛び乗った叔父さんがドアを閉めると同時に車は走り出した。

公園を、出た。

そのときに、サイレンが聞こえてきた。パトカーと、救急車のサイレンの音。こんなに早くにやってきたのはきっとフクさんが仕込んでおいたんだと思う。

「あ」

奈子さんが声を上げて外を見て何かを言いかけたけど。

「何も言うな奈子ちゃん」

運転席で、フクさんがそれを遮（さえぎ）って言った。フクさんと奈子さんは今まで一度も会っていないことになっている。奈子さんには、フクさんのことを一切話していない。

「そして俺の顔も見るな。声も忘れろ。いいね？」

奈子さんが、頷（うなず）いた。

「何も言わず、何も訊（き）かず、黙って乗っているんだ。奈子ちゃんがここに乗ってきた車にいる人は大丈夫だ。何も問題ない。これから〈あんぽれ〉に向かう。着いたら、英志（えいじ）ちゃんに何もかも訊きなさい」

フクさんはわざと声を変えている。低い声で喋（しゃべ）っている。これなら後から会ってもわからないと思う。

奈子さんが僕を見た。僕が頷くと、奈子さんも頷いた。石垣さんは間違いなく奈子さんと一緒に来たんだ。今もあの車の中にいるはずだ。どうするのかわからなかったけど、自分で車を運転できるんだろうか。そういう車なんだろうか。

でも、フクさんがそう言うんなら、大丈夫なんだろう。今僕がそれを心配してもどうしようもなかった。

車は夜の街を走っていく。街灯やビルの灯やお店の灯、夜の街の照明が車の中の僕と奈子さんと叔父さんをときどき照らす。

奈子さんは、ずっと黙って下を向いていた。僕が手を握ると、奈子さんも握り返してきた。そして、僕に寄り掛かってきた。

叔父さんも、黙って前を向いていた。

あの、聞こえてきた三発の音は。

きっと、銃声だ。

間違いない。

本物の銃声は聞いたことないけど、たぶんそうだと思う。

三発の銃声が響いて、三人の男が倒れた。

少なくとも、周りには誰もいなかった。僕が見ていた範囲には。どこかに隠れていた人が、銃であの三人を撃った。

「叔父さん」

「なぁに」

叔父さんもあの音を聞いたはずだ。

「あれは、そうなのかな」

奈子さんの前で直接その単語は言えなかった。後で話さなきゃならないけど、今は言えなかった。

叔父さんは、前を向いたまま、ゆっくり頷いた。

「そうね。間違いないわ」

そう言った。

だとしたら、あの三人を撃ったのは。

誰も何も喋らないまま、車は走り続けた。叔父さんの店の〈あんぽれ〉に着いたら、フクさんはちょっと車の中で待っててくれって言って、叔父さんと二人で店の中に入っていった。

奈子さんと二人きりで、黙っていた。奈子さんの手をずっと握っていたから、お互いに少し手が汗ばんでいた。

ほんの数分でフクさんは戻ってきた。

「英志ちゃん」

「はい」

運転席に座ったフクさんは、やっぱり前を見つめたまま言った。

「奈子ちゃんも聞いてくれ。今日は、今夜はこのまま〈あんぽれ〉に泊まってくれ。

奈子ちゃんは適当に友達の家に泊まることにしてくれ。そして、今日の出来事を二人で話し合ってもいいけど、他の誰にも電話しないでくれ。こっちの方で状況を把握してその結果がどうなるかわかるまでだ」

「わかるまでって」

訊いたら、フクさんは少し考えた。

「たぶん、今夜中には結論は出る。店に、電話する」

降りていいぞってフクさんは言った。だから、黙って奈子さんと一緒に車を降りて、走り去っていく車のテールランプを眺めてから、店に入った。

店では、叔父さんがコーヒーを落としていた。

優しく微笑んで、僕たちを見た。

「座りなさい」

頷いて、奈子さんと並んでカウンターに座った。そこで、ようやく奈子さんと手を離した。二人で、顔を見合わせた。

「大丈夫？」

訊いたら、奈子さんはほんの少し微笑んで、頷いた。

「はい、どうぞ」

叔父さんがカップを僕たちの前に置いた。

「飲みなさい。落ち着くから」

言われて、二人で一口飲んだ。匂いでわかったけど、普通のコーヒーじゃない。

「アイリッシュコーヒー？」

「厳密には違うわ。あれはクリームとかも入れるから。まぁウイスキーを少し垂らしただけよ。血の巡りも良くなるし、何よりも少しのアルコールは心を落ち着かせるわ」

そうかもしれない。美味しい、って奈子さんが小さい声で言った。

「奈子ちゃん」

「はい」

「アリバイを作ってくれる友達はいる？」

少し考えて、頷いた。

「大丈夫です」

そう言って、少し微笑んだ。

「私ももう二十三歳になろうとする大人ですから。電話さえしておけば母も何も言いません」

そう、って叔父さんは微笑む。

「じゃあ、電話して。英志ちゃんは兄貴にメールしておいて」

「うん」

奈子さんがちょっと首を傾げた。

「電話します」

そう言って赤いバックパックからスマホを取り出して、椅子から降りて一、二歩歩いてスマホを耳に当てた。

奈子さんはあのときと同じ格好をしている。僕が初めて奈子さんを見たときの、黒っぽいジャージ姿にニューバランスの赤いスニーカー。きっとその下には白とピンクの少し細身の、身体にフィットしているトレーニングタイツを身に着けているんだろう。

僕も、父さんにメールした。

〈今夜は叔父さんのところに泊まります〉

すぐに返事が来た。

〈了解〉

よくあることだから、何も変に思わないはずだ。奈子さんが電話を切って、椅子に座った。小さく息を吐いた。叔父さんも、スマホで何かをチェックしていた。その顔が、ときどき歪んでいた。

「あ」

叔父さんのスマホが鳴って、すぐに電話に出た。

「はい」

顔が真剣になる。

「うん。うん」

僕たちに背を向けて、頷いている。

「わかったわ。そっちは問題なかった？　そう、良かったわ。うん」

電話の向こうの人は、きっとフクさんだ。

「了解。じゃあ、あとは明日ね」

叔父さんが、電話を切って、こっちを向いた。その顔には笑みが浮かんでいた。

「まず、さっき眼の前で起こったことがどうなったか教えるわね」

「うん」

「男三人は救急車で運ばれたわ。明らかに銃で撃たれたけれど、命に別状はないみたい。もちろん警察が捜査に入っているけど、あの場に奈子ちゃんや私や英志ちゃんがいたことは、誰も知らない。知られることもない。絶対に問題にされないから大丈夫。安心してちょうだい」

それは、たぶん警察関係者が二人も後ろにいるからだ。

フクさんと、石垣さん。

フクさんはこういう事態に備えていてくれたはずだし、石垣さんだって奈子さんのために考えていたはず。

僕も奈子さんも、小さく頷いた。少しホッとした。

あの三人はたぶん殺されても文句が言えないような連中だ。奈子さんのお祖母さんを死に追いやった奴(やつ)らだ。

そうは思うけれど、もしも死んでしまったら、その後のことを考えると気が重かったから助かって良かった。

「そしてね、奈子ちゃん」

「はい」

「きっと、あなたのお祖父ちゃんたちは、今、二人で一緒にいるわ。話し合っているはずよ」

奈子さんが唇(くちびる)を引き締めた。

一瞬眼を閉じて、少し顔を下に向けた。でも、すぐに眼を開けて顔を上げて叔父さんを見て、頷いた。きっと、奈子さんもわかっていたんだ。いや、そういう事態がいつか来ることを想定していたんだと思う。

僕は、あの銃声は、きっと岡島(おかじま)さんが撃ったものなんじゃないかって思っていた。根拠はまるっきりないんだけど、そう思ったんだ。奈子さんも、ひょっとしたらそう思っている。

叔父さんは、奈子さんを見た。

「奈子ちゃん」

「はい」

「安心しなさい。石垣さんも、岡島さんも、あなたのお祖父ちゃんなんだから、あなたを悲しませるようなことには絶対にしないから。ならないはずだから」

奈子さんは、こくり、と、頷いた。

「でも、今は私たちは何もできない。ただ、待っているしかない。だから、英志ちゃんと二人でゆっくりしなさい。明日の朝、家に帰ったらきっと何もかも終わって、いつも通りに過ごせるはずだから」

そう言ってから、叔父さんが僕を見た。

「英志ちゃん」

「うん」

「奈子ちゃんとゆっくり話しなさい」

「わかった。叔父さんは？」

「私は、あいつと合流して、後始末の手伝いをしてくるわ。今夜は帰らないから戸締まりと店をよろしくね。大丈夫よ。とんでもないことはもう起こらないから」

叔父さんが店を出ていくのを二人で見送った。ただ、気をつけてとしか言えなかった。まだ何も終わっていないと思っていたから、お礼を言うのも変だと思ったからだ。

「お腹空いていない？」

奈子さんに訊いたら、奈子さんは微笑んで頷いた。そして、僕に身体を預けてきたので、僕も奈子さんを抱きしめた。

「ありがとう」

奈子さんはそう、呟いた。

「うん」


鍵を閉めて、電気を消して、二階に上がった。そしてコーヒーを淹れ直して、ソファに座って僕と奈子さんは話し合った。

今まで奈子さんに隠していた、僕と奈子さんの最初の出会いから。

正確に言えばあのコンビニで奈子さんがバイトしているときに僕たちは初めて顔を合わせているんだけど、そうじゃなくて、あの動画を撮影したところから。

奈子さんは驚いていた。

何となく、想像はしていたそうだ。どうしてかはわからないけれど、僕が何もかも知っているんじゃないかって、何となく感じていたって。でも、まさかそんな映像を撮られていたなんていうのは、本当に驚いたって。

それから、繁叔父さんに相談したこと。

この店の常連のフクさんが、名前はまだ一応伏せておいたけど、警察関係者で石垣さんのことも知っていたってこと。そのフクさんがいろいろ知っていて、石垣さんのことも教えてもらったこと。

実は岡島さんに頼まれたこと。岡島さんの過去も聞かされたこと。今日のことも教えてしまったこと。奈子さんのやっていることを、叔父さんとフクさんの三人で〈カウガール〉って呼んでいたことも、全部全部、話した。

奈子さんは怒らなかった。ひょっとしたら怒って部屋を出ていってしまうかもって思ったけど、怒らなかった。

泣いたんだ。

悲しくてじゃなくて、嬉しくて、そしてありがとうって。そんなにも私のことを、私のことだけを考えていてくれてありがとうって。

「最初はね」

そう言って奈子さんは話し始めた。どうして〈カウガール〉を始めたのかを。

「本当に、偶然だったの」

友達と飲みに行ったときに、半グレみたいな連中に絡まれたらしい。放っておけば良かったんだけど、その連中が本当に我慢できないぐらいどうしようもない連中で、つい、その場で叩きのめしてしまった。

本当に、足腰も立たないぐらいに。

「そのときに初めて、私はこんなことができるんだって実感したの」

そのまま逃げれば良かったんだけど、駆けつけた警察官に保護されてしまった。そして、石垣さんが奈子さんを引き取りに来た。

「祖父が警察官なのに本当にごめんなさいって思っていたんだけど、でも」

自分が、ああいう連中と対等どころか、はるかに優位な立場で叩きのめすことができるってわかってしまった。

それで、お祖母さんが死んでしまったことへの後悔の念が、復讐することへと傾いていった。奈子さんはそう言った。そして、それを石垣さんが理解したんだ。

「私をこのまま放っておいたら、とんでもないことをしでかすかもしれない。逆にああいう連中に捕まって死んでしまうかもしれない。だったら、自分が後ろでコントロールするしかないって、石垣のお祖父ちゃんが」

そこだったんだ。僕と叔父さんとフクさんがずっと疑問に思っていたこと。どうして石垣さんが孫娘にそんな危険なことをやらせているのかって。

「でも」

奈子さんが、ちょっと苦笑するように言った。

「英志くんや繁叔父さんが思っていたように、石垣のお祖父ちゃんはお祖父ちゃんで、何か他のことも一緒に考えていたかもしれないけど」

自分もそこまで子供じゃないって奈子さんは言った。なんの疑いもなく、石垣さんを祖父として信じていたわけじゃない。

警察官である祖父が、いくら孫のためとはいっても非合法なことに手を貸すのだから、そこには何か裏の事情があったかもしれないとは理解していたって。

「それに、私と石垣のお祖父ちゃんは、血が繋がっていないからね」

「やっぱりそうだったんだ」

頷いた。石垣さんの奥さん、奈子さんのもう一人のお祖母さんは連れ子の再婚だった。その子供が奈子さんの亡くなったお父さん。

石垣家の中で、石垣さんだけが血が繋がっていない。

「そういう環境は、子供の頃からわかっていた。でも、だからって石垣のお祖父ちゃんが私に冷たかったわけじゃないよ。ちゃんと、いいお祖父ちゃんだった」

だから、石垣さんは完璧に奈子さんを守っていた。守ってくれていた。

それは、奈子さんもわかっていたって。いつも、半グレたちを叩きのめす現場には何人かの影があった。だから、ある意味では安心していた。

何かあっても、石垣さんが守ってくれるって。

「今日が、最後だったの？」

訊いたら、奈子さんは頷いた。

「そう言っていた」

今日の相手が、間違いなくお祖母さんを、岡島さんの奥さんを自殺に追いやった男だった。

「そう、信じている」

石垣さんがそう言ったんだろう。だったら、それを信じるだけ。これで終わりと思っていたって。

でも。

あの男たちは、撃たれた。

「岡島の、お祖父ちゃんだと思う」

奈子さんはそう言った。僕もそうじゃないかって思っていた。あの人は、傭兵だった人だ。人を自分の意志で殺した経験もある人だ。銃の扱いにも昔は慣れていたはずだ。

けれど。

「でも、岡島さんは銃なんて持っていない」

そう言ったら、奈子さんはほんの少し首を傾げた。

「お祖父ちゃんがね。岡島の」

「うん」

「言ってた。お祖母ちゃんが死んじゃったときに。もしも、あいつを死に追いやった野郎どもが見つかったのなら、マシンガンでも何でも造ってそこに乗り込んで全員ぶち殺してやるって」

　造る。

「造れるの？　銃を？」

　驚いたら、奈子さんは頷いた。

「そう言っていた。その気になれば自分一人で工場で造れるって」

　そうなのか。銃って、個人が造れるものなのか。それは間違いなく法律違反だろうけど。確かに岡島さんほどの腕を持った職人なら、銃ぐらい造れるのかもしれない。

　そう言えば、岡島さんは言っていた。手に持てるもんなら何でも造れるって。

　溜息が出た。

「英志くんのせいじゃないから」

　奈子さんが言った。

「きっと、英志くんが教えなくたって、岡島のお祖父ちゃんはそうしたと思う。お祖母ちゃんを死に追いやった連中を自分が造った銃で撃ったと思う。それに」

「それに？」

奈子さんが、真剣な顔をした。

「お祖父ちゃんが本気だったら、撃った人間を生かしておくはずがない。必ず殺していたはず。殺さなかったのは、きっと私たちのためだと思う」

普段はそんなに早く起きないのに、朝の六時ぐらいに二人でほとんど同時に目覚めてしまった。たぶん、気づかなかったけど二人とものすごく精神的に疲れていたんだと思う。ベッドに入って、抱き合って、そして気づいたら朝になっていた。ものすごく深くて短い眠りだったんだ。

起きて、二人で朝食を作ってそれから新聞を取ってきて見ると、記事が載っていた。

公園で三人の男が銃で撃たれていたっていう記事。暴力団の抗争と見て警察は調べているって。二人でそれを読んで、ネットでもいろいろ確認したけれど、それ以上詳しく書いているものはなかった。

たぶん、そうなっていくんだろうなって確信があった。今まで奈子さんがカウガールとしてやったことも、暴力団や半グレたちが騒いだものとして処理されていったんだ。今回もたぶんそうなる。

八時前に、叔父さんが帰ってきた。

「おはよう。よく眠れた？」

二人で頷いた。叔父さんも別に疲れた様子はなかった。いつもの感じでカウンターの中に入っていって、僕が落としておいたコーヒーをカップに入れて、一口飲んだ。

「さて」

にっこり笑った。

「奈子ちゃんは、お仕事でしょ？」

「はい」

「何時から？」

「今日は昼からですけど、十二時には行こうと思っていました」

うん、って叔父さんは頷く。

「いったん家に帰って着替えてから行くのには時間は充分ね。英志ちゃんは？　大学は？」

「今日は午後に行けばいい」

また、うん、って頷いて叔父さんはにっこり笑った。

「いつも通りよ。いつも通りの日々が始まります。だから、今まで通りに二人はデートのついでにたまにここに来てちょうだい。奈子ちゃんはお仕事をして、英志ちゃんは大学に行ってバイトをして、二人で日々を過ごしていくの。そしてね」

僕を見た。

「私から、今回の件で何かを伝えることはもう何もない。誰も何も言わない。そして、岡島さんから、二人で会いに来いって言われたら、会いに行ってあげてちょうだい。話をしてちょうだい。その後だったら、私たちともこの話をしていいから。そして、石垣さんからは」

一度言葉を切って、奈子さんを見た。

「やっぱり何も言われることはないはず。いつも通りよ。今まで通り。できるわよね？　これまでもお母さんやお祖母ちゃんには内緒だったんだから」

「できます」

奈子さんが、はっきり言うと、叔父さんはパン！　と手を打った。

「それで、オッケーよ！　すべてがオールライト！」

☆

本当に、何事もなく毎日が過ぎていったんだ。

あの夜のことは、何にもなかったかのように。

僕はちゃんと大学に行ってたし、奈子さんは仕事をしていた。叔父さんは店を開けていたし、フクさんはそれまでと変わらずに常連として顔を出していた。

あのときのことを、フクさんも口にしなかった。でも、一度だけ、「俺がこうしているんだから問題ない」って言ってニヤッと笑った。だから、どこかに左遷されたり急に姿を消したりする心配もないみたいだった。

岡島さんから電話があったのは、あの夜から二週間経った日だった。奈子と一緒に家に来いって。久しぶりに三人で飯を食おうって。だから、その日の夜に奈子さんと待ち合わせて、夕食の材料を買って二人で家に行った。

「おお、しばらくぶりだな」

岡島さんはそれまでと同じように、笑って僕と奈子さんを工場の中で迎えてくれた。よく来た、って立ち上がって、僕と奈子さんを見つめた。

「すっかりお互いに馴染んじまったなこの野郎」

そう言って、笑って僕の肩を叩いた。そして奈子さんの頭をごしごしと撫でた。奈子さんは恥ずかしそうに笑って岡島さんの背中を叩いたし、僕も苦笑するしかなかった。奈子さんと恋人同士になってから、二人で一緒に会うのは初めてだったから。

晩ご飯は、白いご飯にお味噌汁に、豚の生姜焼きに、キャベツの千切り。ほうれん草のおひたしに、お漬物に、小鉢の中にはじゃがいもの煮物と、きんぴらごぼう。

初めてここで夕食を食べたときと同じ献立。

奈子さんがご飯を作っている間、ビールじゃなくてお茶を飲みながら、僕と岡島さんは仕事の話をしていた。

最近、どんどん仕事を受けているんだって岡島さんは言って、かなり忙しいみたいだ。

「どうしてまた」

訊いたら、笑った。

「まぁそれは後で話す。仕事って言えば、何でももう就職は決まったようなものなんだって？」

「誰から聞いたんですか？」

岡島さんには伝えていなかったのに。

「俺にだって風の噂ぐらい届くのよ。随分良い職にありつけたそうじゃないか」

どんな仕事をするか教えてあげた。それこそ、まだよくわからないけれど、観測機器にはいろいろと後から自分たちで工夫して取り付けなきゃならない機材とかあるらしい。たとえば載せる台とか、手押し車とか。そういうものを手作りする場合もあるって社長に聞かされた。

「そういうときに、岡島さんにお願いして造ってもらうこともあるかもしれません」

「おう、大歓迎だ。何でも造るぜ」

奈子さんが、台所で声を出した。

「はい、できましたー。運ぶの手伝ってください」

いただきます、って三人で食べ出したらすぐに、岡島さんが言った。

「奈子よ」

「はい」

「キノちゃんよ」

「はい」

「大事なのは、今、生きている奴だ」

岡島さんが食べながら、そう言った。いったん箸を止めた僕を見て岡島さんは食えと促したので、また箸を動かした。

「死んじまった者は、しょうがねぇよ。手を合わせてそっちに行くまで待っててくれやって言うだけよ。そうだろ？」

「そうですね」

それは本当にそう思う。今、生きている人たちが大事なんだ。

「奈子」

「はい」

「絢子は、お前のお母さんは何にも知らない。石垣の、お前のお祖母ちゃんも何にも知らない。そうだな？」

岡島さんは僕たちを見ないで、食べながら話を続ける。

「そうです」

奈子さんが言った。

「だから、俺たちは皆で守らなきゃならんのよ。二人の平和な毎日をさ。生活を。俺らがやったことで二人を悲しませちゃ駄目なんだ。そうだよな？」

岡島さんの言葉に、奈子さんは頷いた。

「石垣さんとも、そう話した」

少し顔を顰めて、続けた。

「あいつがやったことを、お前を危ない目に遭わせたことを俺は許す気にならねぇ。だが、そこんところの決着は、お互いにあの世に行ってからつけることにした。それで、何もかも終わりだ。この話はもうしねぇ。ただしよ」

そこで岡島さんは顔を上げて、僕たちを見て、ニヤッと笑った。

「石垣は俺より大分年下だからな。俺が先に逝っちまうのも癪だからよ。長生きできるように酒は一切止(や)めたし、仕事もできるだけ受けることにしたんだぜ」

それでなのか。

「仕事って」

奈子さんが言った。

「隠居なんかしちまったら老け込んじまうからな。バリバリ働いて、石垣の野郎が先におっ死(ち)んで葬式に出てから、俺も逝くさ」

だからよ、って岡島さんは続けた。

「お前たちもさっさと結婚して、ひ孫の顔を見せてくれよ」

今度は、思いっきり悪戯(いたずら)っぽく岡島さんは笑った。声を上げて。僕と奈子さんは顔を見合わせて、困った顔をして、でも、やっぱり笑った。

「まだ先の話ですから、それまで長生きしてください」

「おうよ」

任せておけって、岡島さんは胸を張った。

著者紹介

小路幸也（しょうじ　ゆきや）

1961年、北海道生まれ。広告制作会社勤務などを経て、2002年に『空を見上げる古い歌を口ずさむ pulp-town fiction』で第29回メフィスト賞を受賞して翌年デビュー。温かい筆致と優しい目線で描かれた作品は、ミステリ、青春小説、家族小説など多岐にわたる。代表作「東京バンドワゴン」シリーズをはじめ、「駐在日記」「花咲小路商店街」「ダイ」「マイ・ディア・ポリスマン」シリーズなどのほか、近著に『国道食堂 1st season』『〈銀の鰊亭〉の御挨拶』『すべての神様の十月』『ロング・ロング・ホリディ』『三兄弟の僕らは』など多数。

この物語はフィクションです。
実在の人物・団体などには一切関係ありません。

本書は、2017年6月にPHP研究所より刊行された作品を、加筆・修正したものです。

ＰＨＰ文芸文庫　東京カウガール

2020年８月20日　第１版第１刷

著　者　小路幸也
発行者　後藤淳一
発行所　株式会社ＰＨＰ研究所
東京本部　〒135-8137 江東区豊洲5-6-52
第三制作部文藝課　☎03-3520-9620（編集）
普及部　☎03-3520-9630（販売）
京都本部　〒601-8411 京都市南区西九条北ノ内町11
PHP INTERFACE　https://www.php.co.jp/
組　版　朝日メディアインターナショナル株式会社
印刷所　図書印刷株式会社
製本所　東京美術紙工協業組合

ISBN978-4-569-90061-2